# Más allá de las tres dunas

Editorial Bambú es un sello
de Editorial Casals, SA

© 1998, Susana Fernández Gabaldón
© 1998, Editorial Casals, SA
Tel. 902 107 007
editorialbambu.com
bambulector.com

Diseño de la colección: Miquel Puig
Ilustración de la cubierta: Francesc Punsola

Vigésima primera edición: marzo de 2017
Undécima edición en Editorial Bambú
ISBN: 978-84-8343-023-1
Depósito legal: M-13.611-2011
*Printed in Spain*
Impreso en Anzos, SL, Fuenlabrada (Madrid)

# Más allá de las tres dunas

## Susana Fernández Gabaldón

bam bú
EDITORIAL

*A mi hijo Aldo*

# PRIMERA PARTE

*Cuando elijas un camino,*
*elige el del corazón,*
*porque el que escoge el camino del corazón*
*no se equivoca nunca.*

Proverbio maya

# 1
# La tienda de antigüedades del señor Ibrahim Abbas

La ciudad se despertaba tranquila y, aunque hacía poco que había amanecido, la temperatura era ya muy elevada. Posiblemente sería uno de esos días duros y agotadores, en los que el aire se carga de una humedad pegajosa y el calor se hace insoportable, y uno no sabe muy bien cómo refugiarse de un agobiante día de agosto ni en qué soportal o recoveco encontrar alivio ante el castigo implacable del sol egipcio.

Justo enfrente del gran Museo Arqueológico de El Cairo, la tienda de antigüedades del señor Ibrahim Abbas abría sus puertas, como todos los días, a las siete en punto. Hassan, su único empleado y viejo amigo, barría el porche de la entrada y sacudía el felpudo de esparto golpeándolo con fuerza contra el zócalo de piedra.

Hassan tenía más de setenta años y siempre vestía igual: turbante azul y una larga túnica blanca, limpia y bien planchada, que destacaba sobre su piel negra debido a su origen nubio. Nubio y humilde, pues procedía del sur de Egipto, de una pequeña aldea muy pobre situada más allá de Assuan, hacia el Este, pegada a la orilla izquierda del Nilo y en donde todavía se conservan antiguos templos y muchas ruinas de civilizaciones ya extinguidas.

El señor Abbas había heredado de su padre el negocio de compraventa de piezas de arte, y éste, a su vez, del suyo, por lo que la tienda de antigüedades se había convertido en toda una institución familiar, con más de ciento cincuenta años a sus espaldas, que había dado de comer a tres generaciones y que lo había llevado a convertirse en uno de los anticuarios más importantes de toda la ciudad.

El local estaba ubicado en pleno corazón de la ciudad y cercano a él se encontraba el bullicioso mercado del Khan al Halili, el más famoso de todo El Cairo, siempre repleto de comerciantes, turistas y curiosos.

Su interior era grande y espacioso, aunque lo cierto es que todo estaba tan sobrecargado de objetos que ya no había sitio para más trastos. Constaba de dos plantas, otra serie de dependencias anejas, y numerosos y estrechos pasillos llenos de repisas abigarradas de piezas originales o reproducciones más o menos acertadas.

Con sinceridad, no creo que el señor Abbas conociese a ciencia cierta ni de cuántos objetos disponía. De ahí que la ayuda que Hassan le prestaba era a todas luces imprescindible, puesto que conocía de memoria todas y cada una de las piezas y objetos que allí había. También sabía a qué culturas pertenecían y la historia de cada una de ellas; ¡bueno!, no de todas, claro, pero sí de una gran mayoría. Sin embargo Hassan jamás escribió o hizo anotaciones de los datos que conocía: todo estaba en su cabeza; lo único que había que hacer era preguntarle y enseguida se obtenía la información deseada, con el aliciente, además de comprobar que todos los datos eran correctos, hecho que Hassan corroboraba cada vez que un cliente bien documentado charlaba acerca de tal o cual detalle. Y siempre le apostillaban con un «está usted muy bien informado ¿verdad?», a lo cual él respondía con una generosa sonrisa, sin que jamás llegase a revelar de dónde ni de quién había obtenido la información.

De todas formas, a pesar de que su increíble memoria era una virtud que el señor Abbas envidiaba profundamente, siempre se preguntaba cómo era posible que supiese la vida y milagros de cada objeto. Hassan apenas había consultado algunos libros y sin embargo hablaba del mundo faraónico como si hubiera vivido entre reyes y sacerdotisas, y conocía el paso de las diferentes culturas, griega, romana, cristiana, árabe y otomana como los nativos de cada una de ellas.

–Hassan, ¿dónde hemos colocado el viejo candelabro que compramos el año pasado al señor Yahhaf Ayman, ése de los ochos brazos que conservaba varias lamparitas de cristal?

–Está colgado al lado del incensario copto, detrás de los iconos.

–Sí, ya recuerdo –respondió dubitativo rascándose la

frente–. ¿Te refieres al que está al fondo del piso de arriba? –preguntó sin mucha seguridad.

–¡No, no! –corrigió pacientemente Hassan–. Al lado de los iconos. Justo enfrente de usted –y señaló al fondo de la tienda, sosteniendo el escobón con su mano izquierda.

–¡Ah, sí! ¡Ya recuerdo! –exclamó con los ojos muy abiertos al igual que si se le hubiese encendido una bombilla en el cerebro–. ¡Por supuesto! ¡Mira que no me acuerdo de nada! Es la edad. Ya voy para viejo, ¿sabes?

–Claro, señor, comprendo –añadió Hassan, que no era mucho mayor que él.

Entretanto Hassan observaba cómo la calle estaba todavía tranquila, pero despertaba también y se preparaba para una nueva jornada de trabajo.

El muecín llamaba a la oración desde el minarete de la mezquita mayor, y su voz resonaba por todo el barrio fuerte y clara, mientras los comerciantes instalaban sus puestos de frutas y verduras, y extendían los canastos y cestas de mimbre sobre los mostradores de madera. El aire se perfumaba entonces de aromas fuertes y embriagadores a incienso, cilantro, pimienta, comino, curry, canela y demás especias que rápidamente la brisa arrastraba y entremezclaba como el más hábil de los perfumistas, fabricando nuevos aromas que esparcía por todos los rincones de la ciudad.

Poco a poco las calles iban cobrando vida y la ruidosa plaza que quedaba justo delante de la tienda del señor Abbas se llenaba lentamente de viandantes, nativos y extranjeros.

«¡Tilín, tilín, tilín!», sonaron las campanitas de la puerta de entrada.

Al sonido del tintineo, Osiris, el gato del señor Abbas, abrió los ojos con desgana y miró al recién llegado. Le observó atentamente sin levantar la barbilla del cristal del mostrador y se quedó vigilándolo durante un buen rato. Un hombre menudo de piel tostada y rostro enjuto y seco había entrado en la tienda. Miraba detenidamente todo cuanto veía, toqueteando todas las piezas que podía.

Su aspecto no era demasido agradable. Llevaba una túnica sucia a rayas blancas y azules, y se cubría la cabeza con un gorrito de colorines tejido a mano. Calzaba unas sandalias de cuero muy viejas, y sus pies estaban sucios y negros, con las uñas llenas de mugre al igual que las de las manos.

Hassan lo observó atentamente y desde el descansillo de la escalera se dirigió a él con tono seco y desconfiado:

–¿Qué desea? –le preguntó con voz firme.

–¡Que Alá le proteja! –respondió el hombre, soltando tan de golpe una copa de cristal tallado que casi la hace caer al suelo–. Bien, bien ¿es usted el dueño de este local? –preguntó entonces, recogiendo sus manos dentro de las anchas mangas de la túnica.

–El dueño está ocupado en estos momentos. Puedo atenderle yo mismo –respondió Hassan.

–Yo... yo... yo deseo hablar con el propietario –respondió–. No se ofenda usted. ¿Sabe? Tengo algunas cosas que pueden interesarle. Asuntos de negocios... ¿Sabe? Y eso es siempre delicado. Ya me entiende.

–Espere un momento, por favor.

Hassan se dirigió al despacho del señor Abbas. Abrió la puerta y luego la cerró echando la cortina.

–Señor Abbas, ahí fuera hay alguien que quiere hablar personalmente con usted. Creo que viene a vendernos algo. Pero tiene pinta de ser comerciante de piezas robadas.

–Estos tipos siempre nos traen problemas. ¿Qué hacemos, Hassan? –preguntó el señor Abbas.

–Bien. Primero que enseñe lo que nos quiere vender. Tal vez su mercancía sea interesante. No creo que se trate más que de un aficionado esporádico.

–Llámale entonces y cierra la puerta de la entrada. Nos reuniremos en mi despacho.

–Bien, señor.

Hassan abandonó el despacho y se dirigió al hombre, mientras echaba el pestillo de la puerta y le daba la vuelta al letrero de ABIERTO.

–El señor Abbas le recibirá ahora mismo. Pase detrás del mostrador y entre –le indicó Hassan al hombre–. Por cierto, ¿cuál es su nombre, por favor?

–¿Mi nombre? Bueno, eso... eso da igual. Él... él seguro que no me conoce. De cualquier forma, me llamo Ahmed; sí, Ahmed Bakrí –respondió el misterioso hombre, dudando incluso de su propio nombre.

El hombre se encaminó hacia el mostrador y, al llegar a él, Osiris arqueó el lomo y le bufó, siguiéndolo después inquisitivamente con la mirada.

–¡Je! ¡Je! –rió sin ganas–. ¡Qué animalito tan simpático!

–Osiris siempre es así –dijo Hassan, acariciándole la cabeza–. Pase, señor... ¿Bakrí?

–Sí, Bakrí. Señor Bakrí –asintió el hombre, quitándose el gorro de colores y estrujándolo entre las manos.

Hassan le abrió la puerta y le presentó al señor Abbas.

–Dígame qué desea –preguntó el dueño, mirándolo fijamente a los ojos.

–Pues bien. Mire... yo traigo algo que tal vez pueda gustarle. Me dijeron que usted estaría interesado en adquirir «determinado tipo de mercancías». Ya me entiende.

–¿Y quién le ha hablado de mí?

–Bueno... dentro de este negocio, todo el mundo sabe que su local es uno de los más importantes de El Cairo. No me ha sido muy difícil encontrarlo.

–¿Y qué es lo que quiere?

El hombre permaneció indeciso unos instantes mirando a Hassan que se encontraba también allí, de pie y con los brazos cruzados en un rincón de la habitación. Después, tras un indescifrable balbuceo de palabras añadió:

–¡Perdone, señor Abbas! ¿Es necesario que su ayudante esté presente en la conversación?

–Me hago cargo, pero él es de toda confianza y no realizo gestiones sin su consejo. Si le molesta su presencia, podemos dar esta visita por concluida.

–Lo siento. No era mi intención ofenderle... Usted comprenda... son asuntos delicados y no siempre es conveniente que haya más gente de la cuenta en este tipo de transacciones... ¿me entiende? En fin; si no ven incoveniente alguno, desearía mostrales algo muy especial.

El hombre introdujo la mano dentro de la túnica y empezó a extraer bultos llenos de arena por todas partes, envueltos en trapos viejos y papel de periódico, que iba depositando encima de la mesa. Luego se sacudió la túnica y dejó el suelo sucio.

—No he traído todo lo que tengo. Esto es tan sólo una muestra. Pero conozco muchos sitios donde se pueden encontrar muchos más objetos parecidos.

El hombre comenzó a desenvolver los paquetes. De cada bulto salían piezas maravillosas, lámparas egipcias, copas de cristal tallado, un soporte en plata de un candelabro romano... y todo en un estado de conservación impecable. Pocas veces llegaban a sus manos piezas tan bien conservadas y exquisitas, de modo que Hassan y el señor Abbas intercambiaron una serie de miradas correspondientes a un código secreto que solían emplear en estos casos; los guiños querían decir que la mercancía era muy buena pero que no convenía demostrar el entusiasmo que se merecía ya que les obligaría a tener que subir la oferta de compra.

—Sí, sí. No parecen malas —dijo Hassan fingiendo una cierta indiferencia—. ¿No serán robadas, verdad? No traficamos con material robado, y le aviso de entrada que éste es un negocio respetable —le increpó entonces mirándole profundamente a los ojos.

—¡No, no! ¡Le juro por lo más sagrado que no son robadas! —respondió el hombre echándose hacia atrás con la mano derecha pegada al corazón.

—¿Puedo preguntarle entonces dónde las ha encontrado o de quién las ha obtenido? —preguntó el señor Abbas, girando despacio una de las piezas mientras la examinaba detalladamente a la luz de una lámpara con una gran lupa.

–Ustedes me disculparán pero no..., no... puedo decírselo. Aunque les prometo que no son robadas. Hay muchas de estas cosas perdidas por el desierto entre restos de muros y casas antiguas.

–Entonces quiere usted decir que las ha encontrado en el desierto, en alguna ciudad abandonada.

–Sí. Podría decirse así... ¿Les interesa entonces la mercancía? –añadió con voz pícara de mal comerciante.

–Podría interesarnos... sí –murmuró el señor Abbas sacando los labios hacia afuera y apretando fuertemente las comisuras–. ¿Tú que opinas, Hassan? ¿Nos quedamos con ellas o ya tenemos demasiadas parecidas? –preguntó entonces a Hassan, comenzando así su estrategia de regateo.

–La mercancía no es mala. Sí. Tal vez sí –añadió Hassan, dando vueltas a la maravillosa lámpara egipcia.

–Bien, pues trato hecho: ocho libras por todas creo que es un precio más que razonable –argumentó el señor Abbas, iniciando el regateo con un precio irrisorio.

–¡Ah, no! Estas piezas valen mucho más, ¡que lo sé yo! –protestó el hombre, poco conforme con la oferta–. Dieciséis libras y no se hable más.

–Señor Bakrí, estas piezas no valen ni la mitad del precio que le he ofrecido, pero por ser usted se las dejo en doce libras.

–¡Doce! ¡No puedo aceptar un precio tan bajo!

–Doce. Ni una libra más. ¡Es más de lo que le puedo ofrecer! –respondió el señor Abbas, para cerrar el trato.

–No se hable más –aceptó finalmente el hombre–. Doce. ¡Aunque sabe usted muy bien que sale ganando!

–¡Es usted todo un comerciante señor... ¿Bakrí?! –concluyó el señor Abbas.

–Sí. Señor Bakrí. Bueno, deçme mi dinero. Se me hace tarde y no debo quedarme aquí mucho más tiempo.

–¿Teme usted que le vean salir de la tienda? –preguntó Hassan.

–No... sí... bueno; no es conveniente cuando se hacen negocios de este tipo. Ya sabe... luego comentan, preguntan...

–Entiendo –asintió Hassan.

El hombre cogió sus doce libras, las guardó rápidamente debajo de la túnica y salió del despacho.

–Bien. Ha sido un placer. ¡Que Alá les proteja!

–¿Volveremos a verlo, señor Bakrí? –preguntó cautelosamente Hassan.

–¡Seguro! Traeré más piezas dentro de unos días –contestó animado por el éxito de la operación.

Y diciendo esto, se ajustó el pequeño gorro sobre la cabeza dejando fuera algunos rabillos de pelo grasiento. Luego abrió la puerta sigilosamente, ojeó a un lado y a otro de la calle antes de abandonar el local y cuando hubo comprobado que nadie iba a reconocerlo, salió rápidamente y desapareció entre el bullicio del mercado.

–¡Qué tipo tan extraño! –exclamó Hassan.

–Estos aficionados son todos iguales. Sin embargo, sabes muy bien que lo que acabamos de comprar es un auténtico tesoro. Hace mucho tiempo que no veía piezas tan extraordinarias.

–¿De dónde las habrá sacado? –se preguntaba Hassan.

–¡Y qué más da! Las habrá encontrado por ahí. Estos infelices venden cualquier cosa para comer. Con lo que se ha ganado hoy tiene para vivir un par de meses.

–Pero estas piezas son únicas. Es difícil encontrar cosas semejantes a no ser que procedan de alguna ciudad desconocida.

–¡Deben de quedar cientos de ellas por el desierto! Lo arriesgado es aventurarse a buscarlas. Si este hombre ha encontrado una de ellas, ten pon seguro que jamás dirá nada a nadie. Sería como matar a la gallina de los huevos de oro. ¡Anda, recógelas y busca un lugar donde colocarlas!

–Que vienen del desierto no cabe lugar a dudas. ¡Mira cómo me ha dejado la mesa! –y el señor Abbas sacudió las facturas llenas de arena y recogió los paños mugrientos y los papeles para tirarlo todo a la papelera.

Hassan cogió una bandeja y depositó sobre ella las piezas para retirarlas de la mesa. Luego subió al primer piso y despejó una pequeña mesa donde depositó los objetos. Osiris le había seguido con el rabo muy tieso y espigado, y esperó a que tomase asiento para acomodarse él a su vez. Hassan arrimó su viejo butacón y se dispuso a realizar un rápido inventario del lote adquirido.

–¿Dónde demonios las habrá encontrado? –pensó entonces en voz alta tratando de catalogar las piezas–. Veamos, la más antigua de todas parece esta lámpara. Sí, sí. Puede tener casi mil quinientos años, y este dibujo de aquí... es curioso... sí... tal vez pertenezca al reinado de Tuthmés III o a lo mejor al de Amenophis II, pero lo cierto es que no estoy seguro. Podría incluso ser algo más reciente. ¡Vamos a ver qué es lo que averiguamos esta noche!

Hassan introdujo el dedo en el interior de la lámpara y rascó el fondo con la uña. Increíblemente aún conservaba restos de hollín y aceite resecos.

—Prosigamos; este gato es precioso—. Y cogió la siguiente pieza, examinándola con detalle. —¡Increíble! La madera apenas si está cuarteada. Es una excelente talla y podría pertenecer también a la misma época que la lamparita.

Luego arrinconó la talla del gato y tomó otra pieza, tal vez la más hermosa y delicada de todas. Era la estatuilla en mármol blanco de una arpista egipcia. La joven tañía las cuerdas con las puntas de sus dedos, y vestía una túnica finísima y transparente, que dejaba sus senos desnudos y el pecho cubierto con un collar de cuentas y perlas.

A continuación examinó un espejo ovalado de cobre, de un color rojizo dorado intenso. El mango representaba la figura de la diosa Hathor, la diosa sagrada que portaba una gran cornamenta de vaca sobre su cabeza. Con los brazos abiertos soportaba encima de ella el disco de cobre pulido que hacía las veces de espejo. Hassan tomó una bayeta y limpió el espejo de arena y suciedad. Luego se miró en él, y la figura de su cara quedó algo distorsionada al girar el disco de un lado a otro. A continuación, lo depositó junto a las otras piezas.

No había por el momento más objetos de época tan antigua. Pensó que aquellas cuatro piezas podrían proceder de un mismo lugar y estaba claro que habían pertenecido a una mujer. Tal vez a una princesa o a una noble. Bakrí podía haberlas hallado en alguna tumba. De cualquier forma, era ya difícil encontrar una mercancía tan buena que no procediese de algún lugar desconocido y sin duda Bakrí había encontrado ese sitio.

Aquella tarde comenzó a levantarse un viento fuerte y fresco. Poco a poco el cielo se fue cubriendo de grandes nubes grisáceas. Se estaba formando una tormenta.

—Hassan. Son las siete. ¿Cierras tú la tienda? —preguntó el dueño, mientras hacía girar el manojo de llaves en la cerradura de la puerta del despacho, golpeándolo contra el embellecedor de cobre.

—Sí, señor Abbas.

—¿Cómo ha ido eso? ¿Qué has averiguado del nuevo lote?

—Me parece que me dará más trabajo del que pensaba. Me quedaré un rato más antes de marcharme.

—¡Buff! —resopló el señor Abbas con pesadez—. En ese caso nos vemos mañana. ¡Ah! Y no te olvides de enrollar el toldo.

—No tema. Ahora me encargo.

El señor Abbas abandonó la tienda y luego giró a la derecha para perderse a continuación entre callejuelas hasta internarse en el barrio antiguo. En el mercado se recogían ya los puestos. Las primeras gotas comenzaron a mojar el suelo, y un viento fresco y húmedo recorrió las calles y plazas, sacudiendo los toldos que aún permanecían extendidos y aliviando así el aire sofocante que había castigado durante todo el día.

# 2
# A la luz de una lámpara mágica

Hassan se apresuró a recoger el toldo.

–¡Se acerca una buena! –exclamó, mientras giraba la manivela–. Y ese aire viene del sur, de Gizah –añadió–, lo que quiere decir que estará lloviendo en las Pirámides.

–¡Hasta luego! –le gritó Abdul, el dueño de la taberna adonde Hassan solía acudir–. ¿Dónde te has metido? Hoy no has venido a tomar tu té de menta.

–He estado muy ocupado. Mañana pasaré –contestó Hassan antes de encerrarse en la tienda.

–¡Te espero entonces!

Hassan se dispuso a echar el pestillo a la puerta cuando de pronto una ráfaga de viento fresco entró violentamente. Algunas lámparas se balancearon y los rosarios de lágrimas de cristal tintinearon dulcemente.

Al cabo de un rato comenzó a llover torrencialmente. El escaparate recibió los primeros goterones racheados que iban dejando su huella sobre la superficie polvorienta de los cristales. A medida que la tormenta descargaba, cientos de cortinas de agua resbalaron por las fachadas, balcones, aleros y alféizares, lavando las sucias caras de los edificios de la gran ciudad.

Hassan subía ya la escalera con Osiris en brazos cuando oyó que alguien golpeaba fuertemente la puerta. «¡Qué extraño!», pensó. A esas horas ya no esperaba visita de nadie. Entonces creyó que tal vez fuese el señor Abbas. Sí, sería él con toda seguridad. Pero al llegar a la puerta su sorpresa fue mayúscula cuando comprobó que no se trataba de él, y que efectivamente se le había presentado una visita del todo inesperada.

–¡Hassan, Hassan! ¡Somos nosotros! ¿Estás ahí? –gritó un chiquillo, golpeando con fuerza los nudillos de sus manos contra el cristal–. Seguro que no está; ya es muy tarde. ¡Te dije que ya habría cerrado! ¿No ves que el toldo está recogido? Vamos mejor a la tienda del tío Ismail –le dijo entonces el muchacho a su hermano.

–¡No llegaríamos! –le respondió a su vez con cierto aire de preocupación–. ¡Mira cómo está lloviendo! Espera un poco. A veces tarda en salir. ¡Estoy calado hasta los huesos!

–¿Quién es? –preguntó Hassan en ese momento, al no ver a nadie tras el cristal.

–¡Somos nosotros, Tamín y Kinani! ¡Abre, Hassan, que nos estamos mojando!

Los dos muchachos, que no contaban más de diez y doce años respectivamente, comenzaban a tiritar bajo sus túnicas empapadas. Sus cabezas chorreaban y sus pies chapoteaban en la acera convertida improvisadamente en un río de agua sucia. Venían del barrio viejo, del sur de la ciudad, y allí la tormenta ya había descargado con ganas.

–¿Pero cómo no estáis ya en casa? Vuestro tío estará preocupado pensando dónde os habréis metido.

–Íbamos de camino pero la tormenta nos ha pillado de regreso del barrio antiguo. ¿Podemos quedarnos contigo hasta que deje de llover? –preguntó el mayor, Tamín, mirándole implorante con sus ojos grandes y negros, mientras se frotaba los brazos intentando entrar en calor.

–¡Claro que sí! –contestó con júbilo, haciendo pasar a los chicos y yendo a buscar rápidamente toallas secas al baño.

–¿Qué estabas haciendo, Hassan? ¿Tienes mucho trabajo todavía? –preguntó Tamín.

–Pues sí. ¡Vamos! ¡Secaos bien y subid conmigo! Os voy a enseñar algo que me han traído esta misma mañana.

Hassan les quitó las túnicas mojadas y los envolvió en un par de mantas, mientras ellos se frotaban la cabeza con las toallas. Luego subieron el corto tramo de escalera. Entonces les mostró las nuevas piezas y comenzó a hablarles de ellas. Tamín observaba y escuchaba lo que Hassan les contaba. Retenía las nuevas averiguaciones acerca de las tallas egipcias y miraba atentamente a la arpista. Mientras Kinani cogió el espejo y observó su rostro reflejado sobre el disco de cobre.

Kinani quedó entusiasmado con aquel espejo. Se miraba en él y se reía al verse la cara deformada, a veces con los ojos más ovalados o redondos, y los dientes alargados como los de un caballo, o las orejas puntiagudas con el lóbulo rechoncho.

Pero al cabo de unos minutos sucedió algo francamente extraño. En lugar de ver su rostro, del que tanto se estaba riendo, comenzó a perfilarse la imagen de otra cara que no era la suya, sino la de otra persona que también sonreía. Era la de un muchacho de color, más o menos de su misma edad. Sólo vestía un faldón de lino blanco. Se encontraba en una habitación un tanto extraña, con las paredes pintadas de flores de loto, patos sobrevolando un río muy azul y peces de colores nadando entre las cañas de los juncos que crecían en el río. Al fondo de la estancia había una mujer de rostro delicado y ojos maquillados de negro, atendida por dos doncellas que confeccionaban pacientemente trenzas en su pelo fuerte de un color negro intenso. También vio un gato negro, como el de la talla de madera que en esos momentos Tamín tenía en sus manos. Dormía encima de una cama con el cabezal de madera rematado por cabezas de leonas doradas y piedras preciosas. Más tarde, la mujer a la que estaban peinando se volvió y regañó al chico, quien rápidamente soltó el espejo.

A continuación la imagen desapareció, y sobre el disco de cobre, el rostro de Kinani volvió a reflejarse de nuevo. No obstante, Kinani no pareció sorprendido por lo que acababa de ver. Creyó que se trataba de algún truco de Hassan. Era cierto que en la tienda del señor Abbas había objetos muy extraños y algunos francamente raros y enigmáticos. No era ilógico pensar que hubiera algunos más especiales que otros. ¿Por qué no? Éste bien podría ser uno de ellos.

–Hassan, ¿me regalas el espejo? –preguntó el pequeño, encaprichado del curioso objeto.

–¡Qué más quisiera, Kinani! Pero, ¿para qué lo quieres? No es que pueda servirte de gran cosa.

–¡Pero es que es mágico! –replicó él.

–¿Cómo que es mágico? –preguntó extrañado.

–Sí, que te digo que es mágico.

–¿Pero qué dices? –le reprendió Hassan.

–¡Estoy diciendo la verdad! Acabo de ver a un muchacho más o menos de mi edad. Tenía intención de hablar conmigo pero una mujer con muchas trenzas en el pelo no le ha dejado y le ha quitado el espejo.

Hassan clavó su mirada sobre el chico y le quitó el espejo de inmediato. Luego observó el disco y sólo vio su imagen reflejada en él: ni muchachos, ni mujeres.

–Entonces, ¿me lo regalas? –insistió otra vez.

–Se me ocurre una idea –respondió entonces Hassan–: si tanto interés tienes, puedes venir aquí y hablar con tu amigo cuantas veces quieras. Así el espejo será como si fuera tuyo. ¿Qué te parece?

–Muy bien –respondió satisfecho–. Pero te lo ruego, no lo vendas aún.

–Lo retendré todo el tiempo que pueda –concluyó Hassan.

Tamín se encontraba en ese momento entretenido jugando con otra de las piezas. Acariciaba al gato negro de madera tallada, cuando de repente le oyó ronronear. Fue un ronroneo claro y fuerte que pudo sentir incluso a través de sus propias manos. Creyó entonces que tendría algún mecanismo en su interior y le dió la vuelta mirando debajo de la figura, esperando encontrar un orificio como el que tienen esos muñecos que lloran o se ríen cuando se los agita. Pero no había nada. Zarandeó al gato, pero no sonaba hueco.

–Hassan, ¿qué haces para que este gato funcione? –le preguntó extrañado–. Si le acaricias ronronea. ¿Tiene algún mecanismo escondido? ¿Es también mágico como el espejo?

–¡Eso no es posible! ¡Déjame ver! –y Hassan cogió el gato, lo examinó minuciosamente pero no escuchó ni vio nada anormal en él.

–No, así no –corrigió Tamín–. Acarícialo y verás. –Y el niño acarició el lomo del gato y escuchó de nuevo los ronroneos.

–¡Por Alá! ¡Yo no oigo nada! ¡Me vais a hacer perder la razón! –exclamó, un tanto extrañado ante la desbordante imaginación de ambos hermanos.

Estuvieron allí hasta que la tormenta cesó y luego Hassan acompañó a los muchachos hasta la casa de su tío, un pequeño piso situado en una antigua barriada, a tan sólo veinte minutos de la tienda.

Durante el trayecto de vuelta a casa, Hassan pensó en voz alta acerca de los comentarios de los muchachos sobre las piezas egipcias. «Mañana encenderé las lámparas. Ellas me informarán» –se dijo un tanto absorto.

–¿Qué dices, Hassan? –preguntó Tamín.

–¡Oh! Nada. Decía que... «mañana encenderé más lámparas para ver mejor los detalles de las figuras» –disimuló, para corregir su descuido–. Debo examinar esas piezas con más detenimiento.

–¿Es que no veías bien esta tarde? –preguntó Kinani–. ¡Pues había un par de bombillas encendidas!

–A veces no son suficientes cuando no veo claramente algunos detalles que estoy buscando. Entonces enciendo unas lámparas «especiales» que me permiten ver mejor las cosas –le aclaró, sin ofrecerle más detalles.

–¿Podemos quedarnos contigo mañana por la tarde, como hoy?

–No. Mañana es imposible –contestó tajante–. Tengo que estar «solo», si no, no consigo concentrarme en mi trabajo.

–¡Vaya! ¡Qué fastidio! ¡Pues me hubiera gustado tanto acompañarte! –contestó Kinani resignado.

–Cuando volváis, os lo contaré todo –les dijo ya en el mismo portal del inmueble.

De vuelta a casa, Hassan siguió reflexionando acerca de la procedencia de las piezas sin haber hallado en toda la tarde muchos más datos acerca de ellas. Era curioso. Tenía la extraña sensación de que ocultaban algún misterio fabuloso, y que detrás de ellas se escondía una historia oculta y sombría.


Estaba amaneciendo.

Hassan abrió el viejo portón de madera, salió a la calle y se encaminó al trabajo andando entre callejuelas y saludando a sus vecinos madrugadores.

Aquella era una mañana fresca como hacía años que no recordaba. El cielo se había despejado pero todavía podían verse algunas nubes deshilachadas que cruzaban la ciudad y se perdían en la lejanía. Se escuchaba el canto de los gallos, y algunos gatos escuchimizados recorrían las aceras en busca de algo que comer entre desperdicios y basureros.

Hassan entró en el mercado por la gran puerta de la ciudad antigua y recorrió toda la avenida hasta la Mezquita Pequeña. Luego se detuvo un momento delante del puesto de frutas del señor Igalú. Cuando ya se encontraba sacando su monedero de cuero y estaba a punto de pagar, notó a sus espaldas la presencia de alguien que le inquietó profundamente.

–¿Vendió ya las piezas? –susurró a su oído detrás de él una voz ronca.

–¡Por las barbas de nuestro profeta Mahoma!, ¡señor Bakrí! –exclamó Hassan, que le había reconocido de inmediato–. Me acaba de dar un susto de muerte. ¿Qué hace usted por aquí tan de mañana?

–Me voy de la ciudad por unos días –contestó.

–¿Por unos días? Pues lleva usted comida como para un mes –apuntó el tendero, observando el carrito que arrastraba lleno de provisiones–. ¿Va muy lejos? ¡Si parece que se lleva víveres como para un ejército! –añadió Hassan.

–Sí..., bueno..., claro. Viajo hacia el sur. Tal vez tenga que alejarme del Nilo y... bueno..., no se encuentra gran cosa en el desierto, ¿sabe? ¿Vendió ya las piezas? –le repitió con insistencia en voz baja.

–No. Todavía no. Prefiero esperar a ver qué nos traerá la próxima vez.

–¡No, no! ¡No haga eso! ¡Deshágase cuanto antes de ellas! ¡Véndalas ya! No espere más. Esas piezas le traerán problemas si las retiene demasiado tiempo en el local. ¡Son mágicas! Y además ¡están malditas! –le susurró con un tono misterioso, agarrándole fuertemente de la túnica–. Y también, ¡hablan!

–¡Pero qué tonterías está usted diciendo! –exclamó Hassan molesto, liberándose del agarrón y alisándose la pechera recién planchada.

–Le juro por lo más sagrado que digo la verdad. Yo he visto... –dijo rascándose la nariz– he visto cosas muy extrañas. Cuanto antes las venda, mejor para usted y para el señor Abbas. ¡Hágame caso o de lo contrario... se arrepentirá! No puedo entretenerme por más tiempo; el autobús sale dentro de media hora y si lo pierdo tendré que ir en tren a Luxor... –pensó en alto haciendo cálculos.

–¿Se dirige entonces a Luxor y no al desierto? –preguntó Hassan interesado en conocer su destino real.

–Sí..., no..., bueno sí, a Luxor –respondió dubitativo–. Después... ya es algo más complicado –prosiguió, mareando la vista de un sitio a otro–. Nos volveremos a ver dentro de unos días, señor Hassan. ¡Que Alá le proteja, que falta le hará!

Y después de este fortuito encuentro, Bakrí se despidió rápidamente sin dar pie a más preguntas. Tiró de su carrito mercado arriba y luego desapareció al llegar a la altura del barrio de los curtidores.

–¿Conoces a ese tipo, Hassan? –preguntó el tendero extrañado.

–Sí. El otro día vino a vendernos unas piezas. Es muy raro. No sé qué se traerá entre manos.

–¡Ándate con ojo, Hassan! Gente así seguro que te trae complicaciones. No me gustan los tipos que esquivan la mirada; normalmente no dicen la verdad, y ese hombre miente más que habla.

Aquel día Hassan tuvo muchos clientes y la tienda se le inundó de curiosos, compradores y turistas que venían de visitar el museo. No pudo quejarse; vendió piezas importantes e hizo buenos negocios. Sin embargo, apenas si le quedó tiempo para seguir investigando, de modo que decidió que sería conveniente alargar su jornada durante, al menos, unas cuantas horas más antes de marcharse.

Pero antes decidió acercarse a tomar té a la taberna de Abdul, tal como habían quedado la tarde anterior. Recogió el toldo y dejó cerrada la tienda. En ese instante, Abdul le vio acercarse y su rostro se iluminó de ilusión.

–¡Por fin! Pensé que hoy tampoco vendrías –exclamó Abdul, saliendo a su encuentro de detrás del mostrador y restregándose las manos mojadas en el delantal blancuzco y arrugado.

–Hoy ha sido un día terrible, Abdul; sólo me he ocupado de los clientes que no han dejado de entrar y salir, así que no he tenido tiempo de encargarme de otra cosa. Y dime, ¿no conocerás a un tal «Bakrí», un hombre de unos cincuenta años, que lleva una túnica a rayas azules y un gorrito de colores? –le preguntó–. Ayer se presentó en la tienda. Trajo algunas cosas para vender, pero lo cierto es que no lo había visto nunca por aquí. Ni siquiera creo que viva en El Cairo.

–Déjame recordar. ¿Bakrí... Bakrí? –repetía Abdul revolviendo en su memoria rascándose la barba y tirándose de los pelillos de la garganta. Pensó durante unos segundos y luego respondió con firmeza: –No. No me suena. ¿Por qué? ¿No te habrá metido en líos?

–Espero que no. Es un tipo un tanto extraño –le comentó Hassan–. Creo que hasta su nombre es falso. Hemos hecho negocios con él, buenos negocios, sí, pero me tiene algo preocupado. ¡En fin! De cualquier forma no importa. Pensé que a lo mejor tú podrías conocerlo o darme más detalles acerca de él.

–¡Es tan difícil! Pasa mucha gente por la plaza y con el museo enfrente ¡se ven tantos extranjeros! No sé; trataré de fijarme. ¿Dices que lleva un gorrito de colores y túnica a rayas azules? Tal vez Nassir, que deambula por el barrio todo el día, lo conozca. ¡Nassir! –le llamó saliendo de la taberna y dirigiéndose hacia la mesa donde estaba sentado fumándose una pipa–. ¿Conoces a un tal Bakrí, un tipo con una túnica a rayas y gorrito de colores, más o menos de mi edad?

–¿No llevará un carrito? –preguntó Nassir volviéndose hacia Abdul.

–En efecto –respondió Hassan con entusiasmo–. ¿Le conoces?

–Lleva varios días dando vueltas por el barrio y haciendo preguntas a todo el mundo. Creo que no es de aquí; tiene un acento extraño. Parece más bien del sur y me da la impresión de que es la primera vez que viene por la ciudad. ¡Imagínate! ¡No sabía ni cómo ir al Gran Mercado! Por cierto y ahora que recuerdo; preguntó quién podría comprarle unos chismes antiguos que se había encontrado por ahí y le dije que acudiera a la tienda del señor Abbas.

–Ya estuvo ayer.

–Pues no sé más de él.

–Bien. En cualquier caso hicimos un buen negocio–. Y dicho esto, Hassan apuró el último sorbo de té y depositó el vasito de cristal sobre la mesa, dejó varias monedas sobre el mármol pulido del mostrador y dijo: –Perdonadme pero tengo que marcharme. Os agradezco la información.

Luego se despidió rápidamente, abandonó el local y se encaminó de nuevo al trabajo, sin dar más explicaciones.


El cartel del cristal indicaba con grandes letras: CERRADO. El toldo estaba recogido pero en el piso de arriba había una luz encendida. Hassan estaba trabajando. Ahora sabía algo más acerca de su misterioso vendedor. No era cairota, posiblemente era la primera vez que venía a la ciudad y, al igual que Nassir, él también creía que procedía del sur. Su intuición, por tanto, no le había engañado. Resultaba evidente que si torpemente había dejado escapar que tenía que ir a Luxor en autobús, de allí habría venido. Nadie lo conocía. Él tampoco, por lo que la venta de piezas de arte era un mundo que Bakrí pisaba por primera vez.

Pero algo parecía claro: conocía un lugar que estaba en el desierto y de donde obtenía objetos maravillosos y muy apreciados en el mercado de obras de arte. Esa era su gran ventaja frente a Hassan. Tampoco estaba dispuesto a dar más información acerca de lo que debía ser una ciudad en ruinas, pero se le escapaban detalles con facilidad. No era un hombre muy inteligente, si bien sabía cómo sacar partido de sus pocos conocimientos y recursos, los justos como para desprenderse de una mercancía que tenía un gran valor, pero que él juzgaba en cierta forma «peligrosa». ¿De qué peligro estaba hablando? ¿O quizás se tratase de una maldición? Hassan estaba completamente dispuesto a obtener más información. Nadie sabía que él conocía un secreto mediante el cual accedía directamente a la historia de cada una de las piezas. Ese secreto se había transmitido de padres a hijos durante generaciones, y había que estar dotado de una gran sensibilidad para poder adquirirlo y, lo que era más difícil, llevar a cabo los ritos necesarios para obtener la información deseada.

Fuera, la calle permanecía en calma. Pocos viandantes frecuentaban ya la plaza semiapagada por el atardecer, y el mercado se había quedado en silencio.

Tamín y Kinani no habían vuelto a casa. Pese a la prohibición de Hassan, habían decidido ir a espiarlo. Cuando llegaron a la tienda y vieron la luz encendida, dieron la vuelta a la esquina casi a hurtadillas y subieron por la reja de hierro hasta la ventana más alta. Desde allí treparon hasta alcanzar el primer piso. Sin ser vistos, y ocultos en la semipenumbra de la noche que ya se avecinaba, allí permanecieron, muy callados y casi sin moverse, observando cómo Hassan se disponía a encender esas lámparas especiales.

–¡Échate a un lado y no me empujes, que nos vamos a caer! ¡Y no hagas ruido ni digas una sola palabra! ¿Me has entendido? –susurró Tamín con dureza a su hermano.

–El tío nos va a regañar. ¡Vámonos!

–¡Pero bueno! ¿De quién ha sido la idea de venir a espiar a Hassan? Tuya. Pues entonces estáte callado. El tío Ismail se enfadará de todas formas, lleguemos antes o después.

–Está bien –convino Kinani, sin volver a rechistar.

En el interior de la tienda, Hassan proseguía sus preparativos. Una lámpara con una tulipa de cristal verdoso iluminaba su mesa de trabajo y una suave melodía se escapaba de una pequeña radio antigua, mientras Osiris permanecía acurrucado a su lado.

Todo estaba ya preparado para iniciar el rito secreto. Sentado en su viejo butacón, Hassan abrió el cajoncito que había debajo de la mesa y sacó dos piedras de sílex del interior de una pequeña bolsa de cuero marrón muy desgastada. Pero aquellas no eran dos piedras cualesquiera; su padre se las había regalado, y a su vez pertenecieron a su abuelo, quien de esa misma forma las había heredado de su respectivo padre.

A continuación cogió la lámpara egipcia; rascó el interior de restos de aceite y tizne antiguos y los mezcló con una pasta hecha de cera y grasa de cordero. Con todo ello hizo un ungüento pegajoso que modeló con los dedos mezclando bien todos sus componentes. Sacó una mecha y enrolló la pasta a su alrededor dándole forma de vela. Luego la colocó dentro de la lámpara, apagó la radio, y cogió las dos piedras de sílex. Entonces respiró profundamente y cerró los ojos durante unos instantes. A continuación pronunció las palabras mágicas:

*La piedra llama al fuego y el fuego a la luz de tus días. ¡Acude ahora a mi llamada o calla para siempre! ¡Háblame de ti, tú que has sobrevivido a tu tiempo, que yo te escucharé a la luz de la llama que esta noche arde con el mismo aceite con el que tú hace siglos alumbraste!*

Y Hassan golpeó las dos piedras sobre la mecha que, tras varios intentos, provocaron numerosas chispas y finalmente la hicieron arder. Al principio, la llama tardó en encenderse de modo que sopló despacio, hasta que la pasta comenzó a calentarse y entonces la llama se animó. Cuando la mecha alcanzó la cera, ésta empezó a chisporrotear escupiendo pasta por todos lados, incluso sobre el lomo rubio de Osiris. Entonces Hassan apagó la tulipa eléctrica. La habitación quedó prácticamente a oscuras, tan sólo iluminada por la luz intermitente de la llama temblorosa.

–¿Has visto eso? –exclamó Kinani, preso de emoción y con la nariz aplastada y deformada pegada al cristal.

–¡Es estupendo! ¡Parecen fuegos artificiales! –asintió su hermano fuertemente agarrado a los barrotes y sin apartar la vista de cada movimiento que se estaba produciendo allí dentro.

Pero, de pronto, los muchachos callaron y prestaron de nuevo atención. La llama cobró vida y una luz muy blanca, rodeada ahora de una aureola verde esmeralda, iluminó la habitación. Poco a poco, la llama se fue reavivando alimentada por la pasta pegajosa, ganando altura y calor mientras los chisporroteos se seguían produciendo.

A continuación, Hassan pasó las palmas de sus manos sobre la gran llama, y lentamente comenzaron a aparecer en el centro de la luz diferentes figuras que se movían con gran rapidez. Poco a poco las siluetas fueron definiéndose, cobrando cuerpo y color hasta que pudo ver claramente qué era lo que la pequeña lámpara egipcia trataba de mostrarle. Las imágenes no se hicieron esperar, y una escena, clara y nítida, quedó definida. La lámpara de aceite reposaba junto a otras lámparas encendidas encima de una mesa, frente a un gran espejo de cobre. Una bella mujer hacía entrar en su alcoba a una veintena de chicos. Todos parecían muy asustados, huyendo de alguien o de algo, y la mujer intentaba esconderlos del peligro. Junto a ella había un muchacho que no se separaba ni un ápice de su lado, y dos doncellas, que hacían pasar rápidamente a los chicos vigilando que nadie los viera entrar en la habitación. Repentinamente, un ruido espantoso sacudió las paredes y el techo de la alcoba. Los muchachos, acurrucados y semidesnudos, observaron con terror las vigas del techo como si temieran que en cualquier momento se les cayeran encima. Hassan no entendía el lenguaje en el que hablaban, pero todos repetían de forma desesperada algo así como: ¡NETER NEFER HA: ANKH, ANKH!

A continuación, la mujer hizo fuerza con sus dos manos y presionó sobre una gran piedra de la pared. Llevaba el espejo en una mano y una lámpara encendida en la otra. Poco después, de la pared surgió una estrecha puerta que se fue abriendo lentamente, y de donde partía una escalera que conducía a lo que debía ser un pasadizo secreto. Los chicos empezaron a descender rápidamente por el pasadizo a la luz de los candiles de aceite y en un gran silencio, obedeciendo las instrucciones dictadas por la princesa y sus doncellas.

Entonces el techo de la alcoba que acababan de abandonar, comenzó a resquebrajarse, y de entre las grandes vigas de madera que lo sujetaban cayó arena por todas partes. Al cabo de unos instantes, la puerta de la alcoba saltó por los aires golpeada brutalmente por dos soldados armados y, justo en ese momento, una gruesa viga se desplomó sobre ellos. Luego, el resto del techo se hundió definitivamente precipitándose sobre la alcoba y taponando la entrada del pasadizo. Una gran nube de polvo y arena se levantó tras el derrumbe, y lo envolvió todo en una gran confusión.

Y en ese preciso instante, Kinani, que observaba aterrado la escena pegado al cristal, se apoyó tanto sobre él que abrió de golpe la ventana. Una ráfaga de viento penetró en la habitación, removió el polvo de las piezas y apagó de inmediato la llama de la lámpara.

–¡Por el Gran Profeta! ¡Nunca una corriente de aire fue tan inoportuna! ¡Acabo de perder la imagen! ¡Maldita sea! –gruñó Hassan furioso.

Todo quedó momentáneamente a oscuras. Hassan se

apresuró a encender rápidamente la tulipa de cristal, mientras los dos hermanos, temerosos de ser descubiertos, se arrojaban a la calle, para ocultarse en la oscuridad del callejón.

—¡Lo has visto bien! Allí estaba aquel chico...

—¡Hassan es un gran mago! Seguro que sabe hacer muchos más trucos. Pero Kinani, —dijo muy serio Tamín, tapándole la boca y mirándole fijamente a sus grandes ojos negros— no debemos decir nada a nadie. ¿Te has enterado bien? Éste será nuestro gran secreto y de este modo no traicionaremos a Hassan.

—¡Claro que no! ¿Por quién me has tomado?

—Por un bocazas que se va de la lengua con gran facilidad ¡Anda, dime que no es cierto! ¿Cuántas veces has ido contando por ahí secretos que juraste que no revelarías jamás a nadie? Si le dices a alguien lo que Hassan es capaz de hacer, no volverás a venir conmigo hasta la Gran Mezquita de la Ciudadela.

—Ya te he dicho que no pienso contar nada, ¿de acuerdo? —replicó Kinani con resolución, dispuesto esta vez a cumplir su promesa.

—Eso espero. Y ahora, vámonos antes de que se asome a la ventana y nos descubra.

Hassan comenzaba a colocar las primeras piezas del rompecabezas. De entrada, encajaba bien que un hecho tan violento como el que había visto en las imágenes aconteciera precisamente en una ciudad. Bakrí había hablado de una ciudad abandonada; también de una maldición. ¿Se trataba de una maldición sobre una ciudad? Pero, ¿quién o quiénes habían sido los infractores de la norma que la desatara y por qué motivo? ¿Por qué aquellos soldados egipcios perseguían a los chicos? ¿Por qué los protegían aquellas mujeres? ¿Cuál fue el castigo impuesto? ¿Una violenta destrucción por un terremoto o el saqueo de la ciudad por extranjeros?

# 3
# ¿Dónde está la ciudad?

—¿Pero a qué rayos huele aquí? –pensó el señor Abbas aganchándose debajo de las mesas y revisando los enchufes–. Seguro que se está quemando algún cable –dijo en voz alta–. Huele a rancio. ¡Hassan!, ¿no te habrás dejado alguna pipa encendida olvidada por algún lado? Será mejor que abras la ventana; este olor no hay quién lo aguante.

—El cableado está ya muy viejo, señor Abbas –le contestó–. Esos hilos de tela y cobre con el tiempo acaban pudriéndose y este local tiene ya más de treinta años, de modo que no se extrañe si alguno se quema o, de vez en cuando, salta un chispazo. Deberíamos cambiarlos todos antes de que un día salga ardiendo toda la instalación y tengamos un disgusto.

—Pero no es un olor a cable quemado. Huele..., huele..., –dijo olfateando el aire como un sabueso– huele... ¡a grasa de cordero quemada! ¿O a cera? –dudó retorciendo la nariz y arqueando una ceja.

–¡Bah! ¡Tonterías! –exclamó Hassan–. Huele a cable quemado y basta. No lo piense más, señor Abbas. Mañana avisaré a un electricista para que venga a revisar la instalación.

Hassan pareció convencer al dueño, y no le concedió mayor importancia al asunto. Sin embargo, el señor Abbas –que tendía a ser desconfiado por naturaleza– revolvió por todos lados buscando el origen del mal olor. La mesa donde Hassan había realizado el experimento estaba despejada y limpia de todo aquello que pudiera delatarle.

–¡Ah! ¡Aquí está el responsable! –exclamó el señor Abbas habiendo observado algo extraño y dirigiéndose rápidamente hacia la escalera.

En ese momento Hassan palideció y su corazón comenzó a latir con rapidez. No recordaba haber dejado huella alguna, y todos los elementos utilizados la noche anterior estaban bien guardados.

–¡Osiris!, ¿qué te ha ocurrido? ¡El pobre! Tiene todo el pelo chamuscado –dijo el señor Abbas, cogiendo al gato entre sus brazos y sacudiéndole el pelo negruzco y quemado. Luego olió el círculo chamuscado y rápidamente identificó el olor. ¡Hassan! ¿Te has dado cuenta de que el gato se ha quemado el lomo?

Hassan respiró profundamente aliviado. Por suerte Osiris le había sacado de un apuro y su lomo chamuscado resolvía definitivamente el problema.

Aquel día, Hassan pasó muchas horas revolviendo en

los almacenes y pasillos, lejos de los clientes. Buscaba más datos que le ayudasen a ir completando el rompezabezas. Empezó a desinteresarse por todo lo que no estuviera directamente relacionado con la historia de las nuevas piezas. Se había obsesionado de tal forma que estaba dispuesto a llegar hasta el fondo de sus investigaciones.

Nervioso por la falta de datos de los que no disponía, decidió acudir a Yalil, un joven egiptólogo del Museo Arqueológico con quien mantenía una gran amistad. Cuando aquella mañana Hassan acudió a su despacho, mostrándole las piezas que habían adquirido y solicitándole información acerca de una ciudad perdida, Yalil quedó igualmente sorprendido ante los extraños detalles del hallazgo de los objetos de Bakrí.

–¿Y dices que las ha encontrado en el desierto? –repitió Yalil examinando escrupulosamente las piezas una a una.

–Sí. Yo creo que de existir esa ciudad no debe encontrarse muy lejos de los alrededores de Luxor.

–Las piezas egipcias pertenecen seguro al reinado de Tuthmés II o tal vez al de Tuthmés III.

–Yo también lo creo así –convino Hassan.

–Durante el reinado de ambos faraones se realizaron numerosas conquistas por todo el país. Se explotaron minas de cobre, malaquita y turquesas del Sinaí y las minas de oro en la orilla derecha del Nilo, especialmente las de Nubia, pero no se conocen más ciudades importantes de aquella época donde tú apuntas exceptuando, claro está, la capital, Tebas, y los grandes conjuntos de templos de

Luxor y Karnak. Si tu vendedor, ese tal Bakrí, ha encontrado una ciudad, tal vez te haya mentido o te esté dando una pista falsa. ¿Seguro que no las ha robado?

–No. No lo creo. Es demasiado ingenuo para mentir. Estoy convencido de que ha descubierto una ciudad importante, y lo único que teme es que alguien averigüe dónde se encuentra y le roben la gallina de los huevos de oro. Dime, Yalil: ¿qué sabes acerca de terremotos o de grandes cataclismos durante ese tiempo que hayan podido destruir o devastar una ciudad? –preguntó Hassan recordando las imágenes de la lámpara.

–¿Durante ese tiempo? –se preguntó en voz alta rebuscando en su memoria–. Tendría que investigar más a fondo, consultar textos antiguos, acudir a los archivos, pero no creo recordar que se produjeran terremotos en aquella zona. ¿Por qué? ¿Estás pensando en que una sacudida sísmica hubiera destruido la ciudad de la que hablas?

–¿Y el saqueo por parte de pueblos extranjeros? –preguntó a continuación sin responder a su pregunta.

–Entre Luxor y el mar Rojo sólo había desierto y más desierto y una zona montañosa e inhóspita que jamás dio nada más que arena seca. Además, si no es errónea la fecha que le hemos asignado a esas piezas, te puedo asegurar que los reinados de ambos faraones y sobre todo de la reina Hatsepsut, que reinó durante veinte largos años, tras la muerte de su marido Tuthmés II, fueron años de expansión del imperio egipcio y de una gran estabilidad interna ¡Olvídate de encontrar allí una ciudad maravillosa! ¡Nada más lejos de la realidad!

46

Pero Hassan, no dándose por vencido ni satisfecho, creyó que era el momento de realizar un interrogatorio más exhaustivo.

–¿Sabes qué significa NETER NEFER HA?

–HA era el dios del desierto y NETER NEFER quiere decir 'el buen dios', es decir, es casi como una llamada al 'buen dios Ha' o lo que es lo mismo al 'buen dios del desierto'. Demasiadas preguntas Hassan, demasiadas. Tú sabes más de lo que me has venido a preguntar, ¿no es cierto? –preguntó Yalil esperando que Hassan se decidiese finalmente a soltar todo lo que sabía.

–Estudia, Yalil. Estudia y seguro que encontrarás más datos acerca de esa ciudad –concluyó propinándole unas palmaditas en el antebrazo–. Se me ha hecho muy tarde y no me queda más remedio que marcharme; he dejado al señor Abbas solo en la tienda y seguro que me estará echando en falta. Te tendré al corriente de lo que el mercader nos traiga la próxima vez.

–Bien, viejo amigo. Me has dejado muy intrigado con toda esta historia.


«¡Tilínn, tilínn!», sonaron las campanitas de la entrada.

–Soy yo, señor Abbas. Ya estoy de vuelta–. Hassan entró llevando en sus manos la caja con las piezas dentro.

–Tienes visita en el piso de arriba –dijo el dueño.

–¿Visita? ¿De quién se trata? –preguntó.

–Son los sobrinos de Ismail. Llevan casi media hora esperándote.

A Hassan se le iluminó la cara cuando recibió la noticia y subió rápidamente las escaleras. Ese día estaba de suerte. Había pensado en ir a buscarlos y curiosamente fueron ellos los que se habían presentado de forma inesperada.

–¿Cómo están mis jóvenes amigos? –exclamó con júbilo al verles.

–Hola, Hassan. Hemos venido a ver cómo haces magia –dijo Kinani en voz alta y atropelladamente.

–¡Cállate bocazas! –le reprendió furiosamente su hermano. Y Kinani se tapó la boca con las dos manos intentando tragarse sus propias palabras.

–¡Qué cosas se te ocurren! ¡Yo no sé hacer magia! –exclamó Hassan con tono ingenuo.

–No..., bueno..., pues a ver cómo hablas con las lámparas mágicas –declaró Kinani imprudentemente. Entonces Hassan dejó escapar una mirada reprobatoria que se clavó como un puñal en los ojos de Kinani y luego miró de igual forma a su hermano. Al instante comprendió que la corriente de aire que había apagado la llama la noche anterior no había sido accidental.

–¡Ayer estuvisteis espiándome! ¿No es cierto? –gruñó entonces muy serio y enfadado, con ese gesto duro y frío que él solía mostrar cuando de verdad algo le había molestado–. ¡No hay cosa que más odie! ¡No se debe espiar a nadie!

–Lo siento. ¡Perdónanos! Te prometo que no volverá a ocurrir. No diremos nada a nadie –dijo Tamín, cruzando los dedos delante de su pecho.

–Si reveláis el secreto, no podré hacer magia. Además, he de deciros algo importante: vosotros, en cierto modo, también sois magos –añadió Hassan–, y si alguien más se entera de que sabéis hacer este tipo de invocaciones, podríais perder vuestros poderes.

Entonces los dos hermanos se miraron y sus ojos brillaron presos de una gran emoción. ¡Era cierto! Ellos también habían visto a esas mujeres y al chico sin necesidad de encender siquiera la vela mágica. Pensaban que era Hassan y no ellos quien era capaz de hacer aparecer y desaparecer a las personas. Sin decir palabra, un toque de complicidad se estableció entre los tres y sellaron su pacto de silencio absoluto juntando todas sus manos en un solo puño: nadie sabría nada.

–Hassan, ¿podemos repetir entonces el conjuro y saber qué es lo que pasó allí? –propuso Tamín.

–Podemos –afirmó–, pero no aquí –añadió receloso mirando a su alrededor–. El señor Abbas no sabe nada de todo esto, así es que tenemos que tener mucho cuidado para que no nos descubra. ¡Vamos! ¡Venid conmigo! –propuso entonces–. Hay una pequeña habitación al fondo de aquel pasillo que suelo utilizar de vez en cuando. Allí nadie nos molestará.

Hassan tomó la caja con las piezas y abrió el cajoncito de la mesa recogiendo todo lo necesario para repetir la invocación. Luego condujo a los chicos hasta la puerta y entraron en la habitación. Entonces Hassan depositó la caja en una pequeña mesa que se encontraba pegada a la pared. Sobre la mesa y rodeando las paredes se agolpaban teteras de cobre, candelabros de plata, recipientes de cerámica de todos los colores y tamaños, máscaras pintadas, un carcaj de cuero lleno de flechas, medallas de guerra, una armadura medieval con yelmo y todo, el uniforme de un soldado inglés del siglo XIX, con su correaje y un sable magnífico sujeto al cinturón.

–Kinani, coge el espejo. Y tú Tamín, el gato –ordenó Hassan–. Yo encenderé de nuevo la lámpara; aún queda algo de vela de la noche anterior. Ya que ayer visteis cómo hacía la pasta, no es necesario que os lo explique de nuevo.

–Pero tú decías algo que no pudimos escuchar desde el otro lado de la ventana –añadió Tamín.

–Bien. Entonces esta vez escucharéis por primera vez cuáles son las palabras que hay que pronunciar.

Hassan encendió de nuevo la mecha golpeando las dos piedras y, cuando por fin la llama prendió, apagó rápidamente la bombilla que colgaba de la pared desenroscándola del casquillo mellado de porcelana. Entonces, en medio de una gran emoción contenida, Hassan evocó el rito mágico y pronunció las palabras invocadoras:

*La piedra llama al fuego y el fuego a la luz de tus días. ¡Acude ahora a mi llamada o calla para siempre! ¡Háblame de ti, tú que has sobrevivido a tu tiempo, que yo te escucharé a la luz de la llama que ahora arde con el mismo aceite con el que hace siglos alumbraste!*

A continuación el silencio invadió la habitación, y el crepitar de la cera salpicando por todos lados concentró la atención de todos. De pronto, en el espejo de Kinani apareció por fin el rostro del joven que a su vez miró a Kinani profundamente extrañado ante el insólito hecho. Esta vez Hassan sí pudo ver al chico con claridad y sin perder un sólo segundo intervino rápidamente antes de que las imágenes pudieran desvanecerse.

—¡Pregúntale cómo se llama! —susurró entonces Hassan al oído de Kinani.

—Me llamo Kinani, ¿y tú? ¿Cuál es tu nombre? —preguntó sin miedo.

—Soy Nehoreb, protegido de la princesa Neferure. ¿Qué haces ahí rodeado de tantas cosas extrañas? ¿Es eso el taller de un artista? ¿Tu padre es un orfebre? —preguntó el muchacho, sosteniendo el espejo en sus manos y viendo a través de él todos los objetos alrededor de Kinani brillando a la luz de la vela.

—Pero ¿qué dice, Hassan? ¡No entiendo nada! —rechistó Tamín.

—¡Calla! Tu hermano parece que sí puede entenderlo. Déjale que hable con él. ¡No le distraigamos!

—Estoy en la tienda de antigüedades donde trabaja mi amigo Hassan, y todo esto que ves a mi alrededor son objetos que él compra y vende.

—Pero dime, ¿por qué lleváis esas ropas tan extrañas? ¿A qué tribu perteneces?

Kinani, extrañado por la pregunta, se volvió hacia Hassan y se rió.

—¿Qué ocurre, Kinani? —preguntó Hassan.

—Este chico es tonto. Dice que a qué «tribu» pertenezco.

—Pregúntaselo tú a él —propuso Hassan astutamente.

—No pertenezco a ninguna tribu: yo vivo en El Cairo.

¿Y tú dónde vives?

–¿En El Cairo? No conozco ninguna ciudad que se llame así. ¿No serás extranjero? –exclamó–. Yo vivo en Hanefer, en la ciudad del oro. Mi padre ha muerto hace poco. Trabajó mucho para el faraón hasta que murió en las minas y luego la princesa Neferure me adoptó. Ella es buena, no es como los demás nobles y funcionarios. Desde que me llevó a palacio ya no tengo que transportar más piedras ayudando a los mayores. Ahora vivo en su casa y no en el barrio de los esclavos. Allí se come muy mal. Los soldados nos roban la comida y ni siquiera podemos protestar. Pero la princesa Neferure dice que un día el dios Ha se enfadará tanto que ocurrirá algo terrible. Por eso hace muchas ofrendas en el templo y reza todos los días. A ella tampoco le gusta lo que hacen con nosotros. ¿Tú también eres un esclavo?

–¡No! Donde yo vivo no hay esclavos. ¿Verdad que no, Hassan? ¿Verdad que no hay esclavos en El Cairo?

–No, Kinani, pero pregúntale dónde está la ciudad en la que vive –insistió Hassan–. Pronto las imágenes desaparecerán y tu amigo se irá.

–¡Nehoreb!, dime ¿dónde está la ciudad de Hanefer?

–No lo sé. He nacido aquí y nunca he vivido en otro sitio. Tampoco he salido de la ciudad. Las montañas que la rodean son demasiado altas como para cruzarlas. Me han contado que no se puede escapar; al otro lado sólo hay desiertos. Aquí casi todos somos esclavos, menos los que viven en las casas del palacio y los funcionarios.

Pero de pronto, la puerta de la alcoba se abrió y la princesa entró acompañada de sus dos doncellas. Parecían muy nerviosas, discutían, y en sus rostros se reflejaba un semblante tenso y preocupado.

Hassan, Kinani y Tamín seguían pegados al espejo, pese a que sólo el más pequeño era capaz de entender lo que decían.

–¡Senesrú!, prepara al niño. Nos vamos al templo de Amón. He de hablar con el gran sacerdote antes de que esto continúe –dijo la princesa Neferure con voz determinante.

–Mi Señora, de nada servirá. Ya lo ha intentado cientos de veces.

–¡Pues lo intentaré cien veces más hasta que lo consiga! Antes de que terminen las fiestas del dios Min y se recoja la cosecha en el Nilo, el dios Amón seguro que me escuchará. ¡Esto no puede seguir así! ¡No puedo permitirlo! Si mi padre continúa acelerando el ritmo del trabajo en la mina, todos morirán.

–¿No podría el faraón explotar otras minas más al sur?

–Ya no queda oro más allá de la segunda catarata; agotaron las minas en época de mi abuelo y los ingenieros no han descubierto otros filones. Senenmut, el arquitecto de mi madre, está demasiado ocupado en la construcción de templos y tumbas; tiene a sus mejores hombres trabajando allí y mientras siga habiendo oro en Hanefer, continuará explotando la mina hasta que todos revienten. Nunca le preocupó si morían más o menos esclavos; ¡siempre se consiguen más en las batallas dispuestos a sustituir a los que caigan!

–En ese caso, mi Señora, es posible que todos los esclavos mueran trabajando en la montaña. Pero si presiona demasiado al gran sacerdote, éste influirá en su padre y podrían incluso desheredarla. Tanto su padre como la reina esperan que sea la sucesora al trono junto al próximo faraón.

–¡Llevo sangre real, sangre del mismo dios Amón! –dijo la princesa, cogiendo el espejo a Nehoreb y mirándose con orgullo en él–. Y además soy muy hermosa. Mi padre nunca levantará un dedo contra mí; sabe bien que soy la favorita de mi madre. Tebas está demasiado lejos como para que envíe tropas hacia aquí. Además, tiene otras cosas más importantes en las que pensar como para ocuparse de los problemas de las minas. Confía demasiado en todos los nobles y en ese inútil de gobernador que ha puesto al frente de ellos. Nunca sospecharía que se está planeando una rebelión interna y menos que una de sus hijas encabeza la revuelta.

–¡Ay mi Señora! Presiento que todo esto terminará muy mal. El primer visir del faraón es demasiado inteligente como para no darse cuenta de lo que aquí está pasando. El oro es vital para las arcas del faraón; tiene que seguir pagando las campañas militares.

–Sin embargo, el visir nunca ha sospechado de mí.

–Pero mi Señora ya se ha puesto en evidencia ante el Consejo delante de algunos nobles, y no todos le serán leales. Hay muchos que están deseando conseguir un puesto de confianza al lado del faraón, y sería muy fácil hacer una visita a Tebas y dar la voz de alarma comunicando al visir el malestar que reina en Hanefer.

–Ni el gobernador ni ninguno de los nobles serán recibidos en palacio si no llevan una carta de presentación con mi sello real.

–Mi Señora, los chicos han visto esta mañana salir al gobernador de la ciudad, e iba acompañado de algunos nobles.

–¡Eso es imposible! –exclamó de pronto la princesa muy irritada–. La expedición hacia Tebas no debía partir hasta la semana próxima. ¡Yo misma recibí al gobernador ayer mismo en audiencia especial para discutir acerca de los detalles de ese viaje! ¿Por qué se han desobedecido mis órdenes? –gritó la princesa presa de indignación–. ¡Senesrú! Llama a mi guardia privada y que detengan inmediatamente la expedición.

–Pero mi Señora, ¡partieron al amanecer! ¡Hace horas que viajan a través del desierto!

–¡Me da igual! Si llegan a Tebas antes de lo previsto, nuestro plan habrá fracasado. ¡Corre! ¡Avisa a la guardia!

Senesrú salió corriendo a través del largo pasillo hasta llegar al puesto de guardia para dar la voz de alarma. La princesa, nerviosa y muy excitada, ordenó a su otra sirvienta llevar un mensaje a sus dos hombres de confianza. Era preciso actuar con rapidez.

–Busca a Konser y Seosfrú, y dales este mensaje urgente: «La princesa Neferure os espera en audiencia. El gobernador ha abandonado Hanefer».

La sirvienta memorizó las palabras y marchó como un rayo veloz hacia el palacio de los nobles. Luego la princesa cogió al joven Nehoreb y ambos salieron de la alcoba, por lo que quedó vacía la estancia. La revuelta había comenzado.

De repente, las imágenes que Kinani estaba presenciando en el espejo empezaron a debilitarse, haciéndose cada vez más confusas y borrosas hasta que su rostro volvió a reflejarse sobre el disco de cobre y la imagen de la habitación vacía se desvaneció por completo. Había perdido definitivamente la conexión.

–¿Qué es lo que ha ocurrido, Kinani? –exclamó Tamín.

–¿Qué decían? ¿De qué estaban hablando? –preguntó Hassan con ansiedad.

Kinani respiró profundamente y luego miró a los demás.

–¿Qué ha pasado? –preguntó entonces un tanto aturdido.

–¡Eso quisiéramos saber nosotros! ¿Qué ha ocurrido? –respondió Tamín–. No hemos entendido absolutamente nada. Debía de ser algo muy importante lo que estaba sucediendo pues las mujeres parecían muy serias y preocupadas.

–¡Cuéntanos Kinani! ¿Qué es lo que estaba ocurriendo? ¿Has conseguido averiguar dónde estaba la ciudad? ¿De qué discutían las dos mujeres? –interrogó Hassan, acribillándole a preguntas.

Kinani soltó el espejo y lo depositó en manos de Hassan. Se había asido tan fuertemente a él que las manos se le habían quedado entumecidas y los dedos agarrotados. No obstante, rápidamente logró sobreponerse. Ya sereno, comenzó a resumir para los demás lo que había escuchado.

–Mi amigo se llama Nehoreb y es el protegido de la princesa Neferure, la hija favorita de la reina.

–¿De qué reina? –preguntó Tamín.

–No lo sé. No dijo su nombre, pero mencionó a su arquitecto Senenmut.

–¿Quién es Senenmut, Hassan?

–Senenmut fue el arquitecto de la reina Hatsepsut... pero Tamín, no interrumpas a tu hermano. Ya preguntarás más tarde. ¡Sé paciente!–. Y así, Kinani continuó el insólito relato hasta finalizarlo. Luego, tomando aliento dijo:

–Pero explícame, Hassan ¿qué significa todo esto? ¿Conoces tú la historia de la princesa Neferure?

Hassan había anotado muchos detalles mientras Kinani relataba lo ocurrido. Ahora disponía de muchísimos más datos, pero ignoraba que un hecho semejante hubiera acontecido durante el reinado de Tuthmés II. Neferure fue la mayor de las dos hijas fruto del matrimonio entre la reina Hatsepsut y el faraón. Desgraciadamente no subió al trono que su madre le tenía reservado, al morir muy joven a causa de una extraña enfermedad.

¿Una revuelta en una mina de oro encabezada por una princesa? Un faraón jamás hubiera permitido que en sus templos o tumbas se relatasen otros hechos que no fuesen sus victorias, pero nunca sublevaciones o ataques contra el poder real y menos aún procedentes de una insignificante princesa. De ahí que, de haberse producido, el faraón no hubiera hecho mención alguna de lo ocurrido, prohibiendo que se grabara o escribiera dato alguno referente al «incidente».

Kinani acababa de abrir una página en la historia del Antiguo Egipto. Su relato era ahora uno de los más valiosos documentos históricos, mucho más que el hallazgo del tesoro de una tumba sin descubrir. Yalil tenía que ser inmediatamente partícipe de todos los detalles de la narración de Kinani.

–¡Responde, Hassan! ¿Te has quedado mudo o qué? –dijo Tamín sacudiéndole por los hombros.

–Kinani –dijo Hassan con tono grave–, lo que acabamos de ver, nadie, excepto nosotros, ha tenido la oportunidad de conocerlo desde el mismo momento en el que ocurrió. ¿Os dais cuenta de lo importante que es eso? De la princesa Neferure nadie sabe nada. Ningún investigador ha podido averiguar nada acerca de ella excepto su nombre y que era una de las hijas de Tuthmés II. Además, era la favorita de la reina Hatsepsut por quien el propio faraón no sentía mucha simpatía. A la muerte de éste, la reina subió al trono, y reinó durante veinte largos años , con lo que impidió que su legítimo sucesor, Tuthmés III, accediese así al gobierno de Egipto. Después de la muerte de Hatsepsut, y para vengarse de aquella, Tuthmés III hizo borrar su nombre de todos sitios: de los templos, de las capillas, de su tumba, de los escritos de los escribas. La vida de la princesa Neferure corrió la misma suerte.

–Es decir, que el faraón estaba celoso de la reina y quiso vengarse de ella. ¿Eso significa que ahora nosotros hemos descubierto algo muy importante y nos vamos a hacer ricos? –preguntó Kinani con un destello de ilusión en los ojos.

–No sé si ricos, pero por lo menos famosos –contestó Hassan.

–¿Y ahora qué vamos a hacer? –preguntó Tamín.

–Posiblemente un largo y divertido viaje –respondió Hassan–. Iremos a buscar la ciudad de Hanefer. Sin embargo, antes será necesario preparar bien el viaje y pensar minuciosamente todo lo que nos puede hacer falta. Hablaré con vuestro tío para que os deje acompañarme. Ahora bien –añadió, acercando a los chicos la vela que aún ardía–, debéis prometer delante de esta llama que no diréis nada a nadie de lo que acabamos de ver. Y ahora, dadme vuestras manos y repetid conmigo –y Hassan, cogiendo sus manos, colocó sus palmas encima de la llama y pronunció un juramento sagrado que ambos repitieron en medio de una gran solemnidad–:

*Prometo por la llama del tiempo que he invocado que mi juramento siempre será sagrado. Y si éste no cumpliera, mudo para siempre permaneciera.*

Kinani se quedó muy serio y pareció enmudecer de verdad. El juramento que acababa de hacer le supondría un gran esfuerzo al no poder hablar con quien no debía de lo que no podía. Se había comprometido a guardar un gran secreto, sin duda el más importante de todos, y le daba vueltas a la cabeza pensando si sería capaz de mantener la lengua quieta.

–Te has quedado mudo antes de tiempo –dijo Hassan viendo el rostro serio de Kinani–. Espero que sepas respetar la promesa. Las velas sagradas castigan de verdad a quienes revelan sus secretos.

–¿De verdad?

–¡Pues claro! ¿Has oído hablar de Yusuf, el Mudo?

–¿El que pide limosna en el Bazar de Mamluk? ¡Todos los niños le toman el pelo! –rió Kinani burlonamente.

–Pues dicen que Yusuf perdió el habla después de haber roto un pacto secreto, y de eso hace ya más de veinte años.

–Comprendo –dijo Kinani muy serio.

El ejemplo no podía ser más claro.

# 4
# Bakrí ha vuelto

El despacho de Yalil se había convertido en un océano de papeles. Buceaba entre cientos de datos que nadaban en su cabeza, e iba tomando apuntes y consultando papiros y libros que le rodeaban por todos lados.

Desde que Hassan le había visitado por última vez con noticias frescas acerca del posible descubrimiento de una ciudad en el desierto, sus esfuerzos por investigar los datos le habían supuesto muchos días de trabajo suplementario.

Sin embargo, tampoco contaba con demasiada información; el espejo de cobre con mango de la diosa Hathor era una pieza frecuente en los ajuares femeninos; la lámpara también encajaba en la misma época del espejo, y la arpista de alabastro y el gato de madera policromada eran piezas extraordinarias pero también habituales, que nada tenían de extraño si se comparaban con otros objetos similares. Para Yalil su conjunto pertenecía, casi con absoluta seguridad, al final del reinado de Tuthmés II, es decir, que traducido al factor tiempo suponía que debía rondar en torno al 1510 antes de Jesucristo, más o menos.

La capital de Egipto en época de Tuthmés II estaba en Tebas, no muy lejos de Luxor, y el faraón y su corte jamás se hubieran desplazado más allá de las orillas fértiles del Nilo, hacia lo que consideraban las montañas estériles que conducían al mar Rojo, con el objeto de levantar allí un palacio.

Bakrí sin duda les había mentido. De haber encontrado las piezas en el desierto como él decía, las habría hallado en una tumba en la margen occidental del Nilo, en una zona cercana al Valle de los Reyes, que es donde se encontraban los cementerios reales, pero nunca en la parte oriental del río. Esa zona sólo era frecuentada por las caravanas que cruzaban el desierto hasta el mar Rojo o que venían desde Nubia o del –ya inexistente– país del Punt, situado incluso mucho más al sur, y que transportaban oro y mercancías desde más allá de la tercera y cuarta cataratas del Nilo.

Sin embargo, había una región inhóspita situada precisamente en toda la franja oriental que se extendía desde las tierras fértiles del Nilo, en época de las crecidas del río, hasta el mar Rojo, y de la que durante numerosas dinastías se extrajeron abundantes minerales: oro, cobre y piedras preciosas. Esa región era el desierto Arábigo, los dominios del dios Ha.

La extracción de metales se realizaba siempre en condiciones muy duras, pero poco más se sabía acerca de ello. De todas formas, Yalil, sin llegar a rechazar la hipótesis del posible descubrimiento de una ciudad minera, no creyó conveniente seguir investigando en esa dirección: el tipo de piezas encontradas por Bakrí no encajaba con el hallazgo de una explotación minera. Eran piezas exclusivamente femeninas y las mujeres nobles no trabajaban en las minas. Apenas si existía más información que la que se conservaba en un papiro antiguo de esa misma época, en el que se indicaba el mapa de una antigua mina de oro. Por desgracia estaba incompleto y faltaba una parte importante del plano que quedaba en blanco y que con toda seguridad había sido borrado, tal vez poco después de haberlo dibujado. En él, solamente podían verse indicadas las zonas de lavado del mineral, un pequeño valle cultivado, el barrio de los esclavos y un templo dedicado al dios Amón. El resto de las minas repartidas por esa zona debían contar con una estructura parecida.

Las palabras NETER NEFER HA eran una llamada a un dios, casi como invocar su presencia o sus favores, y en muchos casos para alejar su ira. De cualquier forma, eso era muy extraño: prácticamente podría decirse que no existió un culto al dios Ha. Sólo aquellos que cruzaban los desiertos, tales como mercaderes, comerciantes y caravaneros, solían hacer ofrendas a este dios con el fin de estar protegidos a lo largo de sus viajes.

Yalil revisó minuciosamente todos los documentos que hicieran mención al reinado de Tuthmés II: campañas militares, conquistas victoriosas que hizo grabar en el templo de Karnak y especialmente las malas relaciones familiares con su esposa Hatsepsut.

De las dos hijas de Tuthmés II, la preferida de su madre fue la princesa Neferure. Pero, ¿qué es lo que se sabe de ella además de su nombre? Es curioso que siendo la preferida de su madre, y por quien Senenmut, su tutor, sentía un gran cariño, no se tengan más noticias de Neferure. Es más, Yalil había observado que, junto al nombre borrado de la reina, siempre había otro espacio que permanecía vacío y que debía de corresponder (por la posición que ocupaba en los escritos siempre reservados a los nombres de las princesas) a Neferure, la primogénita al trono. Pero, ¿por qué no se rellenó aquel espacio? ¿Quién dio orden a los escribas de dejarlo vacío? ¿Tal vez el propio faraón?

Habían pasado ya varias semanas desde que Bakrí desapareciera como una exhalación ante los ojos de Hassan en el mercado de la medina. Hassan pensó que, después de tanto tiempo, ya no volvería. Aunque también podría darse el caso de que se hubiera perdido buscando ruinas; viajando solo resulta peligroso adentrarse en el desierto y, además, no existen oasis en la franja oriental del Nilo, al otro lado de Luxor, por lo que perderse en pleno desierto podía llegar a ser fatal.

Era ya más de mediodía cuando de pronto Hassan comenzó a ver pasar gentes corriendo que venían del Gran Bazar y se dirigían a la plaza. El silbato de los policías gemía agudamente al fondo de la calle. Algo había ocurrido. Se había formado un gran revuelo al parecer provocado por un ladrón que había asaltado una platería y los policías intentaban darle el alto sin mucho éxito. Un gran tumulto se había concentrado alrededor de la tienda atracada: el ladrón iba armado y había conseguido darse a la fuga después de hacerse con el botín. La gente chillaba y corría también temerosa de que algún disparo fatal pudiera cruzarse en su camino. Los dos policías, con sus pistolas desenfundadas, corrían mercado arriba hasta la plaza sembrando también el pánico y la confusión por donde pasaban.

–¡Detengan a ese hombre! ¡Deténganlo! –gritaba uno de los policías disparando varios tiros al aire–. ¡Detengan al hombre de la túnica! ¡Se nos va a escapar!

De pronto, un hombre sofocado por el esfuerzo y la tensión, que venía corriendo con el resto de la muchedumbre, al ver la puerta del anticuario abierta se introdujo rápidamente sin pensárselo dos veces. Sudoroso y sucio, una vez dentro intentó serenarse.

–¡Señor Bakrí! ¿Qué hace usted aquí? –exclamó perplejo Hassan.

–Disculpen esta interrupción, así tan de repente –dijo Bakrí colocando en su cara una fingida sonrisa de despreocupación–. Hay un gran revuelo en el bazar. Alguien ha robado no sé qué. ¡Buff! ¡El follón que se ha organizado en un momento!

–¿Es que estaba usted presente cuando ocurrió?

–¡No! –contestó sin mucha convicción–. Yo merodeaba por el bazar y en ese momento vi salir al ladrón armado...

–Entonces, ¿por qué corría? Porque venía corriendo, ¿o me equivoco? –añadió suspicaz el señor Abbas.

–Bueno... ya saben ustedes que yo vendo también mercancías de esas. La policía no suele fiarse de tipos como yo. Podrían pensar que el ladrón era yo y... ¡En fin!... la situación fue un tanto embarazosa para mí. Me vi obligado a desaparecer rápidamente de allí.

–Y bien –dijo Hassan, normalizando la situación–. Ya que está usted aquí de nuevo, ¿podría preguntarle si ha vuelto a El Cairo a hacer negocios?

–¡Sí! ¡Por supuesto! En la ciudad siempre resulta interesante encontrar «buenos clientes» –respondió ya más tranquilo.

Bakrí tenía mal aspecto. Un tic tembloroso le sacudía las manos y miraba desconfiado a todos lados. Desde la última vez que Hassan lo vio, había adelgazado considerablemente y tenía la piel quemada por el sol. Unas grandes ojeras se descolgaban de sus ojos, y la barba, crecida y descuidada, le otorgaban una lamentable apariencia. Era lógico pensar que la policía pudiera sospechar de él.

–Y ¿ha llegado usted hasta aquí por casualidad o es que trae algo que venga a ofrecernos? –le preguntó el señor Abbas.

–¡Sí, claro!

–¿Eso quiere decir que ha venido por casualidad?

–¡No! ¡No! Traigo una mercancía muy interesante. Le dije que volvería en un par de días, pero tuve problemas. Me ha sido imposible volver antes. Supongo que siguen interesados en hacer negocios.

–¿Trae usted piezas que merezcan la pena? –apuntó Hassan.

–¡Por supuesto! –dijo Bakrí que se echó las manos al estómago y se palpó numerosos bultos debajo de la túnica.

–En ese caso, no perdamos más tiempo. ¡Acompáñeme! –le indicó Hassan mostrándole el camino.

Hassan acomodó a Bakrí en el piso de arriba. Pero esta vez el señor Abbas dejó el asunto en manos de su empleado.

–Bueno –dijo Bakrí intranquilo mirando a todos lados–. Este será un lugar discreto, supongo.

–Adelante, señor Bakrí –respondió Hassan animándolo a romper su recelo–. Aquí estamos completamente seguros. Nadie puede vernos ni escucharnos desde la entrada.

Finalmente Bakrí se serenó, introdujo las manos debajo de la túnica y sacó un paquete que llevaba atado al cinturón. De entre los trapos y papeles Bakrí descubrió nuevas e interesantes piezas similares a las anteriores. Pero de entre todas ellas, había un objeto especialmente valioso: un sello real de los que se utilizaban para lacrar un documento con cera caliente. Tenía la inscripción de dos nombres con signos jeroglíficos: uno de ellos el de un faraón y, por la otra cara, el de algún miembro de la familia menos importante. Entonces Hassan cogió el sello y lo examinó minuciosamente. Su curiosidad no se hizo esperar. Mientras inspeccionaba el resto de los objetos, Hassan comenzó a hacerle preguntas.

–Y dígame, señor Bakrí, ¿ha oído hablar de HANEFER? –preguntó tranquilamente, sin dar demasiado énfasis a su pregunta, casi dejándola caer casualmente en la conversación.

Bakrí se volvió bruscamente hacia él, lo miró intensamente y su semblante palideció casi de inmediato. De repente la boca se le quedó reseca. Por unos instantes se quedó petrificado y a continuación se dirigió a Hassan.

–¿Dónde ha oído hablar de HANEFER? –preguntó entonces con voz entrecortada.

Hassan había dado en el blanco de la diana. Bakrí también conocía el nombre de la ciudad. Seguro de que estaba dando los pasos adecuados en su sutil interrogatorio, prosiguió.

–Ya sabe, «las piezas hablan» –contestó Hassan con naturalidad, recordándole sus propias palabras pronunciadas en el mercado. Pero el resultado de ello no pudo ser más contradictorio para todos. Bakrí se puso en pie bruscamente y, a continuación, perdió el control y la compostura de su actitud tímida y recelosa.

–¡Le dije que las vendiera, que se deshiciese de ellas cuanto antes! –le gritó–. ¡Ahora le traerán problemas! ¡La maldición llegará hasta aquí! Sí, lo sé. ¡Ahora vendrá a por mí y me arrojará a esas fieras que surgen de las arenas... y luego se me comerán sin dejar ni huella!

El rostro de Bakrí no parecía el mismo. Estaba completamente fuera de sí. Daba alaridos y apartaba a manotazos lo que él creía que eran fieras, luchando contra ellas y liberándose la garganta de supuestas dentelladas.

–¡Está completamente loco! ¡No había tenido que escucharlas! ¡Ahora la maldición caerá sobre usted y los suyos! –gritaba como un poseso bajando la escalera hasta salir del local como alma que lleva el demonio.

–¡Señor Bakrí! ¡No se vaya! ¡Se olvida su mercancía! –exclamó asombrado el señor Abbas sin entender el motivo de la pérdida de razón de Bakrí.

–¡Se la regalo! ¡Su ayudante está loco! –respondió Bakrí, y luego desapareció definitivamente abandonando la tienda. El señor Abbas bajó la escalera con ánimo de alcanzarle, pero cuando salió a la calle, Bakrí ya casi había llegado a la puerta de la medina.

–¿Me quieres explicar qué le ha ocurrido a este loco? –preguntó el dueño un tanto molesto–. ¡Acabamos de perder un cliente!

–¡Pero si nos ha regalado las piezas! –replicó Hassan.

–¡Sí! Pero no volverá más, y la mercancía es muy buena.

–¿Acaso tengo yo la culpa de que tuviéramos a un desequilibrado por cliente? Está claro que ha estado en el desierto y lo más seguro es que haya pescado una insolación y ahora vea fantasmas por todos lados. Ya ha visto cómo tenía la cara, completamente abrasada por el sol.

–Sí, pero me explicarás por qué ha enloquecido cuando le has preguntado acerca de ese tal «Nehafer».

–Señor Abbas, Hanefer es el nombre de la ciudad de donde proceden todas las piezas que Bakrí nos ha traído.

–¿Y tú cómo lo sabes?

–He estado investigando desde que le compramos las piezas y le aseguro que el hallazgo de esa ciudad puede ser muy importante. Bakrí es el único que sabe dónde se encuentra, y me parece que siempre que va allí vuelve con más problemas de los que se imagina. Pensé que podría avenirse a hacer un trato, pero no contaba con su deplorable estado mental. Realmente ha enloquecido.

–Y ahora, ¿qué vamos a hacer con lo que ha traído?

–Yo sugeriría que las dejemos en depósito. Lo mismo se le ocurre volver y reclamarlas. Mientras tanto, podría seguir investigando; la lectura de las inscripciones del sello real puede proporcionarnos datos muy importantes, y además, creo que sería muy conveniente que...

Pero el señor Abbas ya tenía fijada la vista en los profundos y negros ojos de Hassan haciéndole ver que sabía qué era lo que estaba a punto de pedirle. Conocía de sobra ese brillo que le achispaba la mirada cuando se disponía a emprender un largo viaje.

–¡No me lo digas! Lo leo en tus ojos –dijo antes de que Hassan abriese la boca–. ¿Cuándo te vas? –le preguntó entonces.

Hassan rió. Le había dejado con la palabra en la boca.

–Todavía no lo tengo decidido pero será pronto, muy pronto. Le pediré a Yalil que me acompañe y posiblemente los sobrinos de Ismail vengan también con nosotros.

–¿Los sobrinos de Ismail? ¡Estás loco! ¿Por qué quieres que los chicos te acompañen?

–Se portarán bien. Son buenos chicos y nunca han salido de El Cairo. El viaje será toda una aventura para ellos y ya tienen edad de empezar a conocer otros sitios y otras gentes –argumentó Hassan–. Además, han manifestado un gran interés por aprender cosas nuevas que es conveniente empezar a guiar. Aprenden rápido y Yalil podría enseñarles muchas cosas.

–Si lo miras desde ese punto de vista, tal vez tengas razón. ¿Has hablado ya con Ismail del asunto?

–Todavía no.

–¿Hasta dónde iréis?

–Bajaremos a Luxor. Desde allí comenzaremos la expedición hacia el Este.

–¿Hacia el Este? ¿Hacia el desierto? ¡Estás loco! Desde el Nilo hasta el mar Rojo sólo hay montañas y arena.

–Precisamente por eso.

–¿Pero qué crees que vas a encontrar allí?

–Exactamente eso: desierto, arenas y una ciudad llamada Hanefer.

–Me temo, Hassan, que tú también te has vuelto loco. Acabarás como ese chiflado de Bakrí, viendo fantasmas por todas partes.

# 5
# Las preocupaciones de Kinani y Yalil

–¡No puede ser verdad! Intento hablar pero no sale sonido alguno de mi garganta –pensaba Kinani, tremendamente afligido–. ¡Pero si no he dicho nada a nadie! ¿Cómo es posible que me haya quedado mudo? ¿Por qué todo el mundo se ríe de mí?

A la puerta del Bazar de Mamluk, Kinani y Yusuf, el Mudo, pedían limosna. Yusuf gesticulaba exageradamente y sin mucho acierto, y la gente se le quedaba mirando y echaba algún que otro dirham a un cuenco de metal. Cuando caía la moneda, rápidamente la guardaba y dejaba de nuevo el cuenco vacío.

Kinani miraba a la gente y les gritaba que no había sido un bocazas y que estaban siendo muy injustos. ¡Él no debería estar allí, junto al loco de Yusuf, sino al lado de su hermano, que ahora se reía también de él!



–¡Por bocazas! Ahora mendigarás todo el día a la puerta del bazar –le increpaba duramente Tamín, mofándose de su hermano.

Pero inesperadamente el bazar desapareció, ¡y Yusuf, y Tamín y todos los que pasaban por ahí! No quedaba nadie, tan sólo él en medio del desierto, sosteniendo el espejo de cobre en la mano. Y pese a que había recuperado la voz, no había nadie allí que pudiera escucharle. ¿Dónde estaban: Tamín, Hassan y su tío? ¿Por qué le habían abandonado en medio de aquel horrible desierto?

Kinani aguzó la vista creyendo ver la sombra o tal vez la imagen de alguien entre la bruma. Entonces chilló con más fuerza esperando por fin ser oído. De pronto vio que alguien lanzaba destellos desde una duna. Kinani se animó. ¡Efectivamente había alguien allí y le estaba haciendo señas! Sin perder un segundo, movió rápidamente su espejo orientándolo hacia la imagen y haciéndolo girar repetidas veces. Esperó unos instantes y su mensaje fue respondido: nuevamente los destellos volvieron a repetirse. Entonces, inexplicablemente, dejó de sentir calor y corrió hacia la duna todo lo más rápido que pudo. Pero por desgracia a medida que se acercaba a ella, sus piernas se hundían en la arena más y más, hasta que llegó un momento en el que ya no pudo continuar: la arena le llegaba hasta la cintura. La duna le había hecho su prisionero. «¡Socorro! ¡Que alguien me ayude! ¡No puedo moverme!», gritaba con desesperación al tiempo que trataba inútilmente de liberarse.

El silencio del desierto devoraba sus lamentos sin piedad alguna. Iba a morir solo, en aquel mar ardiente y ahogado en las arenas sin poder hacer absolutamente nada por salvar su propia vida. Pero súbitamente la irritante calma en la que iba a morir desapareció por completo; el temible viento del dios Ha había llegado, aquél que volvía locos a aquellos que lo escuchaban.

La tormenta se acercaba y recogía con rabia la arena ardiente elevándola con facilidad y formando nubes espesas, que luego el viento arrastraba creando figuras terroríficas que parecían abalanzarse sobre él y querer devorarlo. Kinani, descorazonado, lanzó su último grito de auxilio a la imagen desdibujada que aún seguía viendo sobre la cresta de la duna. ¡Era la princesa Neferure! ¡Sí, era ella, y detrás estaba su amigo, Nehoreb!

–¡Princesa! ¡Tú sí has podido escucharme! ¡Tú sí me crees! No he traicionado el secreto de la ciudad. ¡Eres la única que cree en mí y por eso has oído mi llamada de auxilio!

–¡Démonos prisa! El dios Ha está enfadado y furioso. Corramos a refugiarnos a Hanefer –dijo entonces la princesa con preocupación.

–Pero ¿dónde está Hanefer? –preguntó Kinani–. No sé dónde está la ciudad. Además, no debéis ir allí; corréis un gran peligro; pronto los soldados irán a buscaros y querrán llevarse a los chicos. ¡Se los van a llevar!... ¡a llevar!

–¡Despierta, Kinani! ¡Despierta! Es sólo una pesadilla –exclamó Tamín, zarandeando a su hermano aún medio dormido.

Finalmente Kinani abrió los ojos y se despertó respirando agitadamente. Tamín abrió la ventana y luego las persianas de madera. La luz inundó de golpe la habitación y una brisa fresca entró en el dormitorio agitando suavemente los visillos.

Por desgracia los gritos de Kinani habían terminado despertando también a su tío. Alarmado, acudió al dormitorio, pero rápidamente se tranquilizó al comprobar que Tamín ya había normalizado la situación.

–¿Qué ha pasado? ¿Por qué gritabas, Kinani?

–preguntó Ismail con los ojos entornados aún por el sueño.

–Ha tenido una pesadilla, tío; eso es todo –contestó Tamín en su lugar– pero ya se le ha pasado.

–En ese caso, ¿por qué no os vestís y bajáis a desayunar?

Ismail se abrochó el batín y abandonó la habitación. Tamín había escuchado las largas parrafadas que Kinani había dejado escapar entre sueños. Estaba claro que lo ocurrido el día de la tormenta en la tienda de Hassan parecía haber inquietado a Kinani de un modo especial.

–No debes preocuparte tanto por lo del juramento secreto –le dijo Tamín procurando tranquilizarlo–. Seguro que lo de Yusuf, el Mudo, no es cierto. ¡Nadie se queda mudo por una cosa así!

–¿Y si fuera cierto?

–No puede serlo. ¡Yo tampoco me lo creo! Venga, levántate y vamos a desayunar.

Aquella mañana Ismail llevó a sus sobrinos a la tienda, un pequeño negocio de alfombras situado en el Gran Bazar, haciendo un poco de tiempo hasta que la escuela abriera sus puertas. Entraron en el mercado por la Puerta Grande. Yusuf, el Mudo, mendigaba ya, mostrando vacío su cuenco, y gimoteaba una limosna. Kinani se le quedó mirando.

–¡Vamos, no te pares! –le riñó Ismail tirando de él.

–Continuad sin mí. Luego os alcanzaré –contestó Kinani.

–¿Pero adónde quieres ir? –le preguntó irritado.

–Aquí mismo. Me voy a quedar aquí sólo un momento. ¡Te prometo que ahora voy!

–Está bien –consintió Ismail–. Pero quiero verte en la tienda dentro de cinco minutos.

–Bien, tío –convino Kinani resignadamente.

Clavado delante del mendigo, Kinani observaba cada movimiento que hacía sin decir palabra. Tenía la espantosa impresión de haberle acompañado en su desgracia, sensación que, por supuesto, Yusuf ignoraba. Al cabo de un rato éste comenzó a sentirse molesto y lanzó varias miradas reprobatorias haciéndole todo tipo de gestos con el ánimo de quitárselo de encima. Pero Kinani seguía allí, mirándole fijamente.

–¡Guárdate el *dirham*! –propuso Kinani rápidamente después de que alguien arrojase una moneda al cuenco–. Ya sabes: si lo mantienes vacío te darán más.

Yusuf se quedó helado. ¿Por qué un mocoso debía decirle exactamente lo que él mismo pensaba hacer de inmediato? Evidentemente el mendigo sintió de pronto una gran curiosidad hacia el chico.

–¿Humm, huuum, hemm? –articuló Yusuf de forma más o menos coherente.

–¿Que quién soy yo? –tradujo Kinani.

–¡Hee, hee! –asintió él.

–Pues un bocazas como tú –respondió bajando la mirada–. Me han dicho que a los que se van de la lengua después de haber hecho un juramento sagrado se quedan sin voz. ¿Es cierto que tú te quedaste mudo por haber roto una promesa?

–¡Hee, hee! –asintió de nuevo Yusuf.

La respuesta afirmativa colmó de preocupaciones a Kinani. Un escalofrío recorrió su cuerpo como un cuchillo afilado, y súbitamente se levantó alejándose de Yusuf sin dejar de mirarle fijamente a los ojos. Kinani se internó en el bazar y corrió sin parar hasta que de pronto chocó contra un transeúnte.

–¿Se puede saber por qué corres así? ¿Has visto al mismo demonio, o qué?

–¡Hassan! –gritó Kinani aliviado–. ¡Qué casualidad! ¡Lo siento muchísimo! ¿Te he hecho daño? Es que acabo de ver a Yusuf, el Mudo, y le he preguntado si era verdad aquello que tú me dijiste.

–¿Y qué te ha contestado?

–Que sí –asintió afligido.

–¿Y por eso corrías de ese modo? Tú sabrás guardar un secreto tan importante como el que tenemos. ¡Vamos! ¡Acompáñame! Voy a hablar con vuestro tío. Ya me ha dado permiso para que me acompañéis y quiero aclararle algunos detalles del viaje.

–Entonces, ¡es cierto que vamos a ir a buscar la ciudad del desierto! –exclamó muy animado olvidándose de pronto de Yusuf y de su desgracia.

–¡Pues claro que sí!

Aquella mañana el museo de El Cairo estaba inundado de visitantes. Hassan se hizo paso entre un grupo de turistas buscando a Yalil. Al llegar a su despacho entró directamente sin llamar. La puerta estaba abierta. Pero una vez dentro tuvo la extraña sensación de que se había equivocado, ya que no recordaba el despacho de Yalil tan lleno de trastos ni tan revuelto. Hassan salió rápidamente y se excusó por el equívoco, pese a que no vio a nadie dentro. Comprobó de nuevo el nombre que figuraba en la puerta: «Dr. Yalil al Bayal». Si no se había equivocado, ¿qué es lo que había sucedido?

–Entre quien sea. Ahora mismo le atiendo –se oyó una voz detrás de la muralla de libros.

–¿Yalil? –preguntó entonces Hassan tímidamente.

Acto seguido, Yalil levantó la vista de un papiro cuyo contenido le tenía completamente absorto y miró a Hassan. Repasaba con absoluta minuciosidad ayudado por una lupa de gran aumento cada signo jeroglífico escrito en aquel viejo soporte vegetal, y en su rostro se acusaba un visible cansancio. Desde hacía semanas había estado trabajando día y noche en la persecución de datos acerca de la existencia de una posible ciudad perdida entre Luxor y el mar Rojo.

–Te esperaba –dijo Yalil quitándose las gafas y dejando al descubierto unas profundas ojeras–. Te esperaba hace ya tiempo, Hassan. Tenemos que hablar.

–Por tu aspecto y el de tu despacho, juraría que has debido averiguar muchas cosas desde la última vez que nos vimos.

–Aunque no te lo creas, en este caótico escenario todo está donde debe de estar.

–No lo dudo. ¡Y bien! –dijo finalmente después de haber encontrado medio taburete vacío y hacerse un sitio al lado de Yalil– ¿por qué no me cuentas qué es lo que has averiguado?

Yalil respiró profundamente y comenzó a hacer un repaso de sus investigaciones.

–Veamos –dijo–. He estado revisando todos los textos pertenecientes o alusivos a la época de Tuthmés II, la reina Hatsepsut y Tuthmés III: referencias a las labores de los templos, recaudación de impuestos reales, trabajos de canteros, mineros, artesanos, relaciones del faraón con sus esposas, príncipes, cortesanos, sacerdotes, y un largo etcétera, como te podrás imaginar. Centrémonos primero en tu teoría acerca de la existencia de una ciudad en mitad del desierto–. En ese momento, Yalil se levantó y rebuscó un documento de entre un montón de rollos de papiros y planos que tenía esparcidos encima de su mesa. –¡Aquí está! –exclamó una vez que lo hubo encontrado–. Bien, mira y escucha atentamente: entre Luxor y el mar Rojo ya te dije que se explotaron canteras de arenisca, granito y piedras preciosas, pero también minas de oro. Pues bien, todas las minas de oro al este de Coptos –la más importante ciudad minera situada al norte de Luxor– se explotaron en el desierto.

»Para que te hagas una idea de lo que pudo haber sido un trabajo de este tipo, te haré un rápido resumen de su proceso: manteniendo las galerías iluminadas con cientos de lámparas de aceite, los esclavos más fuertes extraían los bloques de piedra que contenían el oro. Luego, los más jóvenes –niños incluso– se encargaban de ir quitando los trozos de cuarzo adheridos a ellos, y a continuación, los hombres más débiles trituraban las piedras. Mujeres y ancianos terminaban machacando el oro en molinos de piedra hasta reducirlo a polvo. Dependiendo de la época, el oro se fundía en lingotes en los talleres de la propia mina o bien se transportaba tal cual en sacos. Sabemos que en época de Tuthmés III se llegaron a extraer ¡más de tres toneladas de oro! ¡Te podrás entonces hacer una idea de lo que suponía el trabajo en una mina de oro, pero sobre todo de lo importante que era su extracción para el mantenimiento de las arcas del Estado!

»Tenemos noticias de que durante el reinado de los tres faraones que te he citado, se explotaron numerosas minas entre Luxor y el mar Rojo. Sin embargo, contamos con el documento más antiguo que existe en el mundo acerca de una de esas minas: este plano –dijo enarbolando un viejo papiro que entresacó de entre un montón de ellos–. Desconocemos cuál fue el nombre de este sitio: como verás una parte del plano está borrada, posiblemente por los propios escribas que lo dibujaron, aunque ignoramos el motivo de por qué lo hicieron; pudo ser para no desvelar la situación de la mina con el objeto de que no pudiera ser asaltada, o tal vez para ocultar otros hechos que desconocemos. Ahora observa atentamente el plano: si te fijas bien, describe una ciudad encerrada en un valle por altas montañas. Aquí indica que es donde se hallaban los barrios de los esclavos, y aquí la situación de un templo dedicado al dios Amón. Falta la posición de las residencias de los nobles y del gobernador de la mina, y falta exactamente en ese fragmento borrado que bien podría corresponder a esas zonas de las que te estoy hablando.

»Es curioso que después de haber revisado los textos que hacen referencia a la contabilidad que se llevaba en las minas y de las que dichos gobernadores tenían que dar cuentas muy claras, precisas y puntuales al primer visir del faraón en audiencia especial, siempre falta el nombre de una de ellas y curiosamente también fue borrado con posterioridad, de lo que se deduce que hubo una clara intención de «hacer desaparecer el nombre de la ciudad junto al del gobernador de la misma». Por desgracia, también se cierne sobre ella el más estricto silencio acerca de su situación exacta en el desierto.

»En fin, no sé si todo esto puede sacarnos de dudas o sumergirnos más en otros interrogantes. Esa ciudad minera podría encontrarse lo mismo a diez como a cientos de kilómetros al norte, sur o este de Luxor, y tampoco es seguro que el plano pertenezca al reinado de estos faraones. Pero esto no es todo –añadió Yalil–; aún hay más. Me preguntaste acerca del significado de las palabras NETER NEFER HA. Recordarás que te dije que era algo así como 'el buen dios Ha'. Pues bien, en otro texto escrito que hace referencia a las ofrendas que recibían los templos –bueyes, ovejas, cabras, patos, cebada, trigo– se habla de «las ofrendas realizadas al Templo de Ha» durante un corto período de tiempo que va desde el 1515 al 1490 antes de Jesucristo. Éste es un dato único y en el que jamás había reparado. El dios Ha fue un dios vengativo. Su malestar venía motivado porque carecía de un culto permanente al contrario que los otros dioses como Amón, Osiris, Ra, Isis... que sí contaban con sus templos y sus sacerdotes encargados de mantener su culto. Ese templo al dios Ha, que aún no se ha encontrado, se levantó justo en el borde de las tierras fértiles del Nilo, en un lugar cercano a Luxor, y para señalar su situación se colocó una lápida conmemorativa que llevaba grabada su denominación jeroglífica: tres dunas, es decir, la representación del desierto. Además, el escriba dejó constancia incluso de un triste poema que data de 1490 antes de Jesucristo y que decía lo siguiente:

*Los reyes divinos que antes vivieron, ahora reposan en sus tumbas al igual que los nobles. De los palacios y ciudades que antaño construyeron, ya no queda absolutamente nada. ¿Qué ha sido de ellos? ¿Qué les ha ocurrido? Ya no quedan en pie sus muros y se han convertido sólo en ruinas. ¡Es como si jamás hubiesen existido! Nadie ha regresado de allí para decirnos cuál fue su destino, ni qué suerte corrieron, y poder así tranquilizar nuestro corazón hasta el momento en el que nosotros vayamos allí donde ellos ya se encuentran.*

Hassan no pudo evitar que un escalofrío sacudiera su espalda. Sin embargo, Yalil aún no había terminado.

–Y eso no es todo –indicó nuevamente–. Hay otra coincidencia. Esa fecha, el 1490, fue un momento triste, tal vez el más triste en la vida de la reina Hatsepsut: su hija Nefērure, heredera del trono de Egipto, falleció de una extraña enfermedad. ¿Murió de muerte natural? No lo sabremos nunca. La princesa fue el fiel reflejo del espíritu tenaz y luchador de su madre, y lo cierto es que el faraón Tuthmés II no sintió grandes simpatías hacia esa hija que sólo representaba un obstáculo para el ascenso al trono de su heredero varón, Tuthmés III.

Hassan había escuchado suficiente. Todo encajaba a la perfección.

–Y si yo te dijera que he averiguado que esa ciudad minera se llama HANEFER –dijo Hassan intentando rellenar los huecos vacíos de las investigaciones de Yalil.

–¿HANEFER? ¡HANEFER! ¡Claro! ¡'La que satisface al dios Ha'! –tradujo Yalil– ¡Déjame comprobarlo!

Rápidamente Yalil reunió los textos correspondientes y escribió sobre un fragmento de papel transparente la transcripción en signos jeroglíficos.

Luego buscó los espacios vacíos borrados de los papiros y colocó encima de ellos el trocito de papel. No cabía la menor duda de que aquella era la horma de su zapato. Efectivamente la ciudad se llama HANEFER. Yalil quedó estupefacto. ¿Por qué Hassan conocía el nombre de la ciudad? ¡Eso era prácticamente imposible!

–¡Espero que puedas aclararme cómo has averiguado el nombre de la ciudad!

Entonces Hassan introdujo la mano debajo de su túnica y extrajo del bolsillo del pantalón el sello con el doble cartucho real, en donde figuraban los nombres del faraón y el de otro miembro de la familia.

–Tal vez esto aclare algo más nuestras investigaciones –y Hassan le mostró el sello, esquivando así la respuesta directa a su pregunta–. Bakrí volvió y trajo más piezas, de entre las cuales este viejo sello real es sin duda la más interesante. ¿Qué opinas de las inscripciones?

Yalil cogió el sello, lo inspeccionó y, a continuación, comenzó a descifrar los jeroglíficos, bajo la expectante y atenta mirada de Hassan.

*Tuth - més - II, nefer - kha*

Escribió transcribiendo el anverso. Luego dio la vuelta al sello y descifró rápidamente el reverso:

*Neferu - re*

–¡Esto no puede ser cierto! ¡Padre e hija en un mismo sello real, cada cual en su correspondiente cartucho!

–¿Qué es lo que tiene de extraño?

–¡No es posible! ¿Te das cuenta de lo que eso significa? ¡Tuthmés II concedió a su hija el poder de firmar! Eso quiere decir que la princesa Neferure disfrutaba de determinadas parcelas de poder dentro de la administración, o cuanto menos podía ejecutarlas tan sólo estampando su sello donde ella quisiera. No conocemos ningún texto en el que figure su sello al lado del de su padre, y sin embargo el sello tuvo que emplearse: aún conserva restos de haber sido utilizado.

–¿Por qué no tratas de rellenar otro espacio vacío en todos aquellos textos que hagan referencia a esa ciudad minera sin nombre? –sugirió Hassan.

Yalil se puso manos a la obra. No podía creerse que el cartucho de la princesa Neferure encajase de forma tan perfecta en todos los huecos borrados por los escribas. Neferure había estado directamente involucrada en la dirección de la mina de la ciudad de Hanefer, y esa mina, como demostraban las cuentas y las cifras, había proporcionado pingües beneficios a las arcas del tesoro real.

–¿Estás seguro de que este sello procede del mismo sitio que el resto de las piezas? –le preguntó entonces con cierto escepticismo.

–Sí. Ya sé que es difícil creer algo parecido. Sería el primer ejemplo en la historia de todo el Antiguo Egipto que demostrase un hecho semejante.

–¡Pero te das cuenta de la trascendencia que podría tener su publicación dentro del mundo científico!

–¿Y qué explicación le das a un hecho así? ¿Crees que envió a la princesa a la mina para apartarla de Tebas y separarla así de su madre? –opinó Hassan.

–Bien, podría ser, pero me resisto a creer que tratase de hacerlo de esa forma –manifestó Yalil–. Hatsepsut se hubiera opuesto enérgicamente. Tuvo que haber una razón de mayor peso, y sin embargo no es eso lo que más me inquieta. Lo que de verdad no entiendo es por qué dejó de explotarse la mina cuando estaba dando los beneficios más sustanciosos de todas cuantas en ese momento estaban en funcionamiento.

–¿Tal vez «una rebelión interna»? ¿Quizás un gran desastre de grandes proporciones en la propia mina: su hundimiento o a lo mejor un temblor de tierra? –insinuó Hassan.

–¿Y por qué no? ¡Eso explicaría muchas cosas! –exclamó Yalil con cierto entusiasmo–. Aclararía una paralización de los trabajos en las galerías. Pondría en evidencia que la princesa había fracasado como máxima responsable de los trabajos al frente de la mina, y de ese modo daría la razón al faraón para inhabilitarla de por vida de cualquier otro cargo de responsabilidad. Sin embargo, eso no justificaría el cierre de la mina.

–¿Y si hubiese sido al contrario? –añadió Hassan.

–No te entiendo ¿qué quieres decir?

–Tal vez la princesa trató de desestabilizar los trabajos de la mina encabezando ella misma la rebelión –conjeturó Hassan a su vez–. Si la mina dejaba de funcionar, la producción de oro quedaría paralizada y con ello el faraón vería debilitadas y disminuidas sus arcas. Ello entorpecería otras gestiones de Estado y de este modo facilitaría que los sacerdotes y los nobles pensaran que no era lo suficientemente buen gobernador, tal como Egipto se merecía. De este modo, Hatsepsut se perfilaría como la mujer idónea para regir y no su marido. Al fin y al cabo la reina ya había demostrado que era una mujer hábil y ambiciosa y, sobre todo «capaz de gobernar».

–¿Estás insinuando que madre e hija fraguaron una rebelión para desestabilizar la política del faraón? –dijo Yalil tratando de perfilar la extraordinaria teoría de Hassan–. La hipótesis es fascinante, pero nadie podría creerte. Lo primero que tenemos que hacer es asegurarnos de la procedencia exacta del sello. ¿Sería posible hablar con ese hombre, con ese tal Bakrí?

–Me temo que no –manifestó Hassan–. Se ha vuelto completamente loco. Asegura que todas las piezas que ha encontrado están marcadas con el signo de una misteriosa maldición.

–Eso quiere decir que la única posibilidad de llegar hasta la ciudad se nos ha esfumado y seguimos sin saber dónde se encuentra Hanefer.

–Eso quiere decir que iremos a buscar la ciudad si de verdad queremos aclarar el misterio.

–¡Estás loco! ¡Puede estar en cualquier parte en un radio de cientos de kilómetros desde Luxor hasta el mar Rojo! –exclamó Yalil llevándose las manos a la cabeza.

–Por eso no te preocupes –puntualizó Hassan–. Nuestro punto de partida será el borde de las orillas fértiles de las tierras más cercanas a Luxor, allí donde, según tus textos, se levantó el templo al dios Ha. Si partimos de allí hacia el Este, la encontraremos.

–¿Pero cómo puedes asegurar que se encuentra hacia el Este y no hacia el Norte o hacia el Sureste? –preguntó Yalil–. Salir del borde fértil del Nilo significa penetrar durante días en el corazón mismo del desierto, sin más víveres que los que podamos transportar a nuestras espaldas. Es demasiado arriesgado. ¿No te das cuenta, Hassan? ¡Es una auténtica locura lo que me estás proponiendo! Es demasiado peligroso –concluyó.

–¡Pero Yalil! ¿Qué ha sido de tu espíritu aventurero? –preguntó Hassan quejumbroso.

–¡Está bien! ¡Está bien! –convino entonces resignado–. Si nos perdemos lo único que puede pasarnos es que no salgamos vivos de allí.

–Ya lo tengo todo previsto. Saldremos el próximo sábado. Hemos quedado en la estación a las 12.30; a esa hora sale un tren para Luxor y durante el tiempo que dure el viaje podremos hablar de los detalles de la expedición y...

–¡Un momento, un momento! –interrumpió Yalil, bruscamente–. ¿He oído bien? ¿Has dicho «hemos quedado»? ¿Con quién hemos quedado? ¿Es que viene alguien más?

–Sí. No iremos solos. Nos acompañarán Tamín y Kinani, los sobrinos huérfanos de Ismail.

–¿Pero es que tú también te has vuelto loco? –exclamó Yalil sorprendido– ¿Qué vamos a hacer con dos chavales? ¡No vamos precisamente de excursión!

–¡Tranquilízate Yalil! –interrumpió Hassan–. Necesitamos que nos acompañen; aunque no te lo creas, tienen un papel más importante en esta expedición que el tuyo y el mío juntos, pero ahora no puedo explicártelo. Sólo te pido que confíes en mí. A su debido tiempo sabrás de lo que estoy hablando. Te aseguro que nunca te arrepentirás de ello.

–¡Eres incorregible! –rió Yalil–. Siempre te sales con la tuya. ¡Tú ganas! Estaré a las 12.30 en la estación y ¡más te vale que lo que dices sea cierto pues de lo contrario meteré a los chicos en el primer tren de vuelta a El Cairo!

–No te arrepentirás. Esos muchachos van a proporcionarte más satisfacciones de las que podrías imaginarte, y tal vez en un futuro no muy lejano los tengas aquí en tu despacho como tus más fieles colaboradores.

# SEGUNDA PARTE

# 6
## El esperado viaje

El silbato del jefe de estación anunciaba la salida del tren con destino a Luxor y Assuán del andén número tres. Eran exactamente las 12.35 del mediodía. La locomotora esperó sólo cinco minutos más a los pasajeros que llegaban con retraso. Poco después, el jefe de estación bajó la banderita roja y dio la salida al maquinista. La locomotora se puso en marcha propinando un brusco arranque a todo el tren. Los vagones acusaron rápidamente el tirón, y los ejes grasientos crujieron con estrépito.

–¡Adiós, tío! ¡Adiós! –gritaron desde la ventanilla bajada Tamín y Kinani.

–¡Portaos bien! ¡Me lo habéis prometido! –recordó una vez más Ismail aventando un pañuelo desde el andén.

Yalil y Hassan se despidieron también de Ismail. Todo eran sonrisas y alegría. Tamín y Kinani estaban muy nerviosos, y sus ojos brillaban llenos de ilusión.

Pese a que el tren abandonaba muy despacio la estación, hacía un tremendo ruido que acallaba la vocinglería de la gente. Las ruedas de los vagones arañaban pesadamente los raíles lisos y duros de las vías que como una tela de araña se extendían delante de ellos. La locomotora avanzaba despacio, obedeciendo las señales y cambiando de carriles a la orden de los semáforos y del guardagujas, hasta que por fin tomó la vía definitiva.

Hassan había reservado un compartimiento con cuatro literas. El viaje duraría casi un día entero y llegarían a Luxor al amanecer. El trayecto sería muy pesado; el tren paraba en casi todos los pueblos que encontraba a su paso, y los vagones se irían cargando de pasajeros a medida que avanzase la tarde.

El tren cruzó despacio la zona sur de la ciudad hasta llegar a los barrios más periféricos de El Cairo. Desde allí se contemplaban con claridad las inmensas moles pétreas de las pirámides de Keops, Kefrén y Mikerinos, abrasadas por el sol del mediodía y bajo una luz cegadora, y muy cerca de ellas, el pueblo de Gizah, en donde se encontraba el taller de alfombras de Ismail. Pronto el tren tomó la orilla derecha del Nilo, cruzando vergeles llenos de bosques de palmeras y amplias zonas de regadío que se extendían a ambas orillas del río hasta confundirse, allá a lo lejos, con el mismo desierto. El viaje había comenzado.

Yalil desplegó varios mapas de la región reseca y montañosa del desierto Arábigo sobre una mesa de madera que colgaba debajo de la ventanilla. Había señalado ya algunos puntos de interés y también las rutas de las caravanas que antaño cruzaron el desierto procedentes del sur.

–Sólo tenemos dos puertos en el mar Rojo como puntos de referencia desde Luxor hasta la costa: Qoceir, el antiguo Tâanú, y el puerto de Myos Hormos –expuso Yalil–. Pero éste se encuentra mucho más al norte. Además tampoco se tienen noticias de que existiera en época del Egipto faraónico. Si Bakrí partió desde Luxor, es más probable que la ruta que siguiera se acercase más al antiguo puerto de Tâanú que al de Myos Hormos.

–Ese razonamiento parece lógico, –dijo Hassan– lo que quiere decir que tendremos que viajar hacia el noreste.

–Exacto –asintió Yalil–. Ahora, señalemos el borde de la ribera fértil del Nilo a la altura de Luxor.

–Pero ¿cómo podemos saber exactamente hasta dónde se extendió el Nilo en la época de las crecidas durante ese tiempo? –preguntó Hassan.

–Pues no lo sabemos con exactitud. Debemos pensar que si los textos antiguos reflejan una abundante recogida de grano durante ese período, el límite normal de las aguas alcanzado en la época de las crecidas regulares del Nilo tendríamos que situarlo a unos cuatro kilómetros al este de Luxor.

–Eso significa una línea que correría paralela a ambos márgenes del río, es decir, por aquí más o menos –indicó Hassan, trazando la línea en el plano.

Inesperadamente, la portezuela del compartimiento se abrió con gran estrépito y la conversación quedó momentáneamente interrumpida.

–¡Billetes! ¡Billetes, por favor! ¿Me permiten sus billetes? –irrumpió el revisor del tren.

–¡No faltaba más! –exclamó Hassan, complaciente.

–¿Viajan todos juntos? –preguntó el funcionario recortando de un solo tirón una esquina de los billetes apilados.

–¡Sí, señor! –respondió él.

–En ese caso, procure que los niños no se alejen mucho de ustedes. El tren hace muchas paradas y no es la primera vez que alguno baja y se pierde.

El revisor volvió a cerrar la portezuela y la conversación quedó reanudada en medio de planos, papeles y fotocopias de viejos papiros.

La tarde fue transcurriendo lenta y suavemente. Bajo aquel sol abrasador, la carrocería del tren se había convertido en una sartén hirviendo, y los vagones desprendían calor igual que una inmensa estufa. Había mucha gente dormitando el sopor de las peores horas de la tarde, y en aquellos vagones con los asientos de madera, duros e incómodos como demonios, se amontonaban hombres, mujeres y niños recostados unos encima de otros.

Kinani y Tamín se habían quedado dormidos acunados por el traqueteo incesante y machacón del ferrocarril.

–¡No entiendo cómo pueden dormir con este calor! –exclamó Yalil refrescándose el rostro con un pañuelo mojado.

–Mejor así; que descansen todo lo que puedan. Necesitarán fuerzas para mañana –repuso Hassan, comprobando sus cuerpos relajados y sus ojos cerrados–. Ya son más de las seis; pronto anochecerá y comenzará a refrescar.

–¿Has pensado dónde vamos a alquilar los camellos? –preguntó Yalil.

–Si el viejo Muhammad sigue aún vivo, iremos a sus establos. Necesitamos tres animales fuertes y jóvenes. Los chicos pueden viajar juntos y de paso podremos ahorrarnos un buen dinero. Pero ahora hagamos un repaso de todo lo que llevamos: ¿traes copia de los planos de la ciudad y de los papiros?

–Sí, todo está aquí –respondió Yalil, comprobando su mochila–. También tengo la brújula, cuadernos de notas, cintas de medir, cuerdas, una bengala, un botiquín, cantimplora... No falta nada. ¿Y tú?

–Parece que tampoco: mantas, dinero, cantimplora, lámpara de petróleo...

–¿Y el espejo y la lámpara? –preguntó Kinani desde lo alto de la litera, interrumpiendo el recuento de material.

–¿Pero tú no estabas durmiendo? –preguntó Hassan.

–Sí, pero con tanto calor es imposible pegar ojo. Hassan, ¿no te habrás olvidado del espejo ni de la lámpara?

–No, Kinani. ¡Aquí están! –le mostró satisfecho.

Kinani resopló aliviado.

–¿Has traído las piezas egipcias? –preguntó Yalil profundamente extrañado–. ¿Pero para qué? ¡Corres el peligro de perderlas!

–Las necesitaremos –respondió Hassan.

–¿Pero por qué el chico sabía que llevarías el espejo y la lámpara? –preguntó Yalil un tanto molesto.

–Si me vuelves a hacer otra pregunta más, me obligarás a enfadarme –le increpó Hassan muy serio.

–¡Perdóname! Ya me lo advertiste en el museo –convino Yalil–. ¡Y bien! –exclamó de pronto, cambiando el tema de conversación–. ¿Qué vamos a cenar?

–¡Sí, eso! ¿Qué hay de cena, Hassan? –preguntaron los chicos hambrientos.

Los rostros de los muchachos se iluminaron con los últimos rayos del atardecer mientras comían sentados alrededor de la pequeña mesa de madera, tortas de maíz rellenas de garbanzos, carne fría, cebolla y pimientos asados.

Pronto la oscuridad se cernió sobre el paisaje. El traqueteo intermitente del ferrocarril fue arrullando a los pasajeros hasta que el tren quedó en silencio, iluminado tan sólo por la pálida luz de una media luna adornada por un collar roto de estrellas esparcidas por el cielo.


–¡Pasajeros con destino a Luxor! –anunciaba el revisor golpeando las portezuelas de los compartimientos–. ¡Quince minutos para Luxor!

Hassan hacía tiempo que ya estaba despierto, por lo que la brusquedad del hombre uniformado no le pilló de improviso. Yalil se sobresaltó y gruñó enfurecido, y los chicos se mostraron perezosos y somnolientos dando media vuelta y recogiéndose en un ovillo.

Estaba amaneciendo.

El tren llegó finalmente a la estación de Luxor. Las portezuelas de los vagones se abrieron y Hassan y Yalil bajaron el equipaje mientras Tamín y Kinani esperaban en el andén, ayudando a agrupar todos los bultos. El aire húmedo de la mañana invitaba a desayunar cuanto antes, por lo que se dirigieron de inmediato a la taberna de la estación.

−¿Dónde iremos ahora? −preguntó Tamín, con todos los labios manchados de leche y mantequilla.

−En primer lugar, alquilaremos unos camellos −comunicó Hassan.

−¡Camellos! ¡Vamos a viajar en camello, Hassan! −exclamó Kinani entusiasmado.

−¡Por supuesto! −respondió−. No podemos viajar de otra forma por el desierto, así que ya podéis comer porque vais a necesitar todas vuestras fuerzas. El desierto es agotador y, sobre todo, cuando hace tanto calor como en esta región de Egipto. También alquilaremos un par de tiendas de campaña y compraremos un poco de carbón vegetal.

−¿Crees que tendrá? −preguntó Yalil.

−No habrá ningún problema. Si mal no recuerdo, el viejo Muhammad tenía un pequeño bazar en donde se podía encontrar de todo. Vende y compra de todo lo que os podáis imaginar.

Pero ahora démonos prisa −concluyó Hassan, abreviando sus comentarios−. Tenemos que aprovechar la mañana antes de que haga demasiado calor.

Caminaron durante una hora siguiendo la vereda portuaria hasta llegar al gran templo de Luxor. Desde allí se internaron entre callejuelas maltrechas y tortuosas hasta llegar al mercado. Los últimos puestos recogidos bajo sus toldos de lona ofrecían frutos secos y chucherías para los niños. Unos cuantos metros más arriba, en el extrarradio del barrio, se encontraban los establos y el bazar del mercader Muhammad.

—¡Allí está! —exclamó Hassan, reconociendo de inmediato el gran bazar.

Al llegar a la entrada, Hassan se asomó al patio pero no vio a nadie. Tampoco vio camellos: sólo ovejas, cabras y mulas. Se extrañó y dudó por unos instantes. Luego entraron en los establos.

—¡Buenos días! —saludó Hassan en voz alta.

De pronto, alguien entró por la puerta trasera y les sorprendió en el interior.

—¿Qué buscan? —preguntó un hombre receloso, llevando un montón de heno pinchado en una horca.

—Buscamos al señor Muhammad —respondió Yalil.

—¡Buff! El viejo murió hace años. Mi tío lleva el negocio desde entonces.

—Dígame —intervino Hassan—, no veo que tengan camellos. ¿Es que ya no los alquilan?, porque antes tenían muchos animales, ¿no es cierto?

—Sí, pero de eso hace ya mucho tiempo —respondió el hombre—. De todas formas, ¿para qué quieren alquilar camellos? Es más cómodo viajar en coche. Les puedo proporcionar la dirección de un buen amigo mío...

—No, muchas gracias —interrumpió Hassan—. Necesitamos camellos. Tenemos que adentrarnos en el desierto.

—¡Otro emperrado en la misma idea! —replicó el hombre.

—¿Cómo dice usted?

—Pues eso. No son los primeros que vienen a alquilar

camellos para ir al desierto. ¿Es que van de fiesta o qué? –se mofó el hombre–. Hace cosa de un mes, vino un hombre y también quiso que le alquilase un camello. Me dijo que se dirigía hacia las montañas del Este, y entonces lo envié a la aldea de Qift; allí todavía se pueden encontrar ¡y por cierto, muy fuertes! Hay caravanas que salen hacia el mar Rojo, hacia el puerto de Qoceir, y la única forma de llevar o traer mercancías es viajando con ellas, así es que le dije que se acercase hasta Qift.

–¡Seguro que era Bakrí! –murmuró Yalil.

–¿Cómo ha dicho? –preguntó el hombre al oír el comentario.

–Sí... –balbuceó un instante–. ¿No se llamaría Bakrí ese hombre que vino a alquilarle el camello?

–¡En efecto, Bakrí! Eso dijo. Un tipo muy extraño.

Hassan y Yalil se intercambiaron las miradas. La pista era magnífica. Estaban siguiendo los mismos pasos que dio Bakrí.

–¿Cómo podemos ir hasta Qift? –preguntó entonces Yalil.

–Lo más fácil es que vayan en falúa. Navegando Nilo abajo tardarán escasamente una hora en llegar. Una vez allí, diríjanse a los establos de Malik; no tienen pérdida: desde la misma orilla se ven ya los rebaños de camellos.

–Muchísimas gracias por todo.

–¡No faltaba más! –respondió el hombre.

–¡Cómo no me habré dado cuenta antes! –se inculpaba Yalil una y otra vez, percatándose de su error.

–¿Pero qué estas diciendo? Tú no tienes la culpa de que Bakrí hubiese dado una pista falsa –le argumentó Hassan–. En todo caso, soy yo el responsable al haberme dejado llevar por sus palabras. Cuando murmuró en el mercado que si perdía el autobús tendría que coger el tren e ir hasta Luxor, es porque sabía que el tren no tenía parada en Qift, pero el autobús sí, y además el trayecto era mucho más rápido. Por eso dijo que perdería casi dos días.

–¡Eso da igual! –exclamó Yalil. ¡Prestadme atención! La ciudad de Qift es la antigua ciudad de Coptos, una de las ciudades mineras más importantes de la Antigüedad. Desde las primeras dinastías faraónicas se extrajeron grandes cantidades de oro, y la ciudad se hizo rica y próspera durante generaciones. Pues bien: esa ciudad de caravaneros era el punto de partida hacia el antiguo puerto de Tâanú, es decir el actual Qoceir, al que llegaban cruzando las montañas desérticas a través del valle del cauce seco del río Hammammat. Si Bakrí salió desde Qift hacia el desierto, debió viajar a través del valle del Hammammat, y por lo tanto en dirección Este y no Noreste. Ahora sabemos que la ciudad perdida debe encontrarse cercana a ese valle y, como se reflejaba en el plano de la ciudad minera del papiro, encerrada entre montañas de difícil acceso.

–Entonces no perdamos más tiempo –dijo Hassan–. Dirijámonos a Qift inmediatamente; allí podremos alquilar la tienda de campaña y comprar algunos sacos de carbón.

Cerca del gran templo de Luxor había un pequeño embarcadero con más de cinco barcas dispuestas a recoger pasajeros y ayudarlos a cruzar el Nilo. Hassan se dirigió a uno de los barqueros con ánimo de arreglar el viaje río abajo.

–Vamos a Qift. ¿Podrían acercarnos?

–¿Cuántos son? –respondió a su vez un barquero mientras recogía amarras.

–Cuatro, más el equipaje.

–Bien, entonces vayan subiendo por la pasarela y dejen los bultos en el centro de la barca –indicó él aceptando el embarque.

Tamín y Kinani subieron los primeros y rápidamente se acomodaron en el banco de proa. Era la primera vez que viajaban en barca por el Nilo, y pese a la emoción que sentían, una cierta tensión les dominaba.

–¿Qué pasará si nos ataca un hipopótamo o un cocodrilo? –preguntó Tamín examinando escrupulosamente las aguas.

–¡Ya no hay bichos de esos por aquí! Pero tú, muchacho, ¿de dónde vienes? –preguntó el barquero extrañado, mientras retiraba la pasarela.

–De El Cairo, señor –contestó Tamín con aire de preocupación sin apartar la vista de las aguas.

–Pues estos chicos de ciudad deberían viajar más y salir un poco de la capital. ¡Andan despistados! ¿No les parece? Y si no es indiscreción –dijo cambiando de conversación– a ustedes que vienen de El Cairo, ¿qué les trae por aquí? Qift es una pequeña aldea sin gran interés, que sólo vive del comercio de las caravanas que van hacia Qoceir. ¡Bah! ¡Es una lástima! –exclamó lamentándose en voz alta–. Pronto su negocio se vendrá abajo. Eso ya no tiene futuro; tardan demasiado en cruzar el desierto hasta el mar Rojo y ello les está ocasionando la pérdida de muchos clientes que prefieren asegurar sus mercancías a través del tren. Aunque si se piensa fríamente también es lógico. Las caravanas siempre sufren el asalto de ladrones y contrabandistas o tienen que luchar contra las tormentas de arena. Eso sin contar con que no tengan algún accidente cruzando los desfiladeros del Hammammat.

–¿Tan peligroso es ese valle? –preguntó Hassan.

–¡Uff! ¡Créame! Hay muchos que se han perdido. Sin ir más lejos, hace unas semanas oí hablar de un tipo al que le ocurrió algo parecido. Estuvo varias veces allí, en el desierto. Se dice que enloqueció poco después.

–¿Y qué fue lo que le ocurrió?

–¡Se volvió completamente loco! O por lo menos eso es lo que se comentaba en la taberna de los barqueros de Luxor. Siguió a una caravana y luego una noche se separó de ella sin despedirse de nadie. Días más tarde su camello volvió solo a Qift.

–¿Y él? ¿Cómo consiguió regresar sin camello y sin víveres? –preguntó Kinani intrigado.

–Lo recogió la caravana en el camino de vuelta de Qoceir. Iba andando por el valle de Hammammat gritando que le apartasen los monstruos que le devoraban la garganta. ¡Pero allí no había nadie más que él! ¡Estaba completamente solo! Lo cierto es que esa zona está maldita. Las caravanas evitan los desfiladeros del valle. A veces se desprenden enormes rocas y caen rodando por la ladera al igual que si estuvieran endemoniadas. Otras veces se desatan tales tormentas de arena que hasta los camellos pierden la orientación. ¡Es terrible! He oído contar historias que a muchos se les pondrían los pelos de punta. ¡Mal negocio! –gesticuló resuelto el barquero–. ¡Mal negocio para los caravaneros de Qift!

El relato había dejado a todos perplejos. Era preciso encontrar al jefe de esa caravana para que les indicase el punto exacto en el que Bakrí la abandonó. Eso les permitiría saber a cuántos días de camino se encontraba de Qift cuando se perdió, y sobre todo restringir aún más el área de búsqueda de la ciudad.

–¿Cree que sería posible hablar con el jefe que dirigía esa caravana? –preguntó Hassan.

–Como poder, sí se puede –respondió el barquero–. Lo que no sé es si hoy estará en Qift. Puede que haya salido ya en dirección al mar Rojo o que esté de regreso. Pero, ¿por qué tiene usted tanto interés en hablar con él? ¿Conocía a ese pobre diablo?

–En efecto, le conocía. Teníamos algunos negocios pendientes y no he vuelto a saber de él.

–¡Se lo dije! ¡Ese tipo perdió la razón! No creo que saque nada en limpio viniendo hasta aquí. Si le debe dinero, delo por perdido, señor.

La barca se había ido deslizando suavemente corriente abajo, y la pequeña aldea de Qift se avistaba ya claramente a orillas del Nilo. En efecto, Qift no tenía nada de especial. Situada en un meandro pronunciado del río, y ciudad próspera y lujosa a lo largo de tantos siglos, se había convertido en un pequeño reducto destinado exclusivamente al aprovisionamiento de las últimas caravanas cuyo comercio moría lentamente.

La falúa replegó el velamen y el barquero maniobró con destreza el timón. Habían llegado al «puerto de Qift». El barquero tendió la pasarela apoyándola en la misma orilla y amarró la barca a una gruesa estaca clavada en la arena. Hassan pagó al hombre, mientras Yalil y los muchachos desembarcaban el equipaje.

—Pregunten por Malik —dijo el hombre—. Él les aconsejará lo más conveniente. ¡Que Alá les proteja! ¡Ah! Y si piensan cruzar el valle, tengan cuidado: esas montañas son peligrosas.

Y mientras el barquero les daba los últimos consejos, empujaba la barca lejos de allí alejándose Nilo abajo con la vela de nuevo desplegada al viento. Hassan, Yalil y los chicos se cargaron los bultos a las espaldas y subieron el repecho de la orilla hasta llegar a la aldea. Por desgracia, su aspecto resultó ser de lo más desolador. Una casa y un inmenso corral fue lo primero que encontraron nada más llegar. Detrás de ella no habría más de ocho o diez casas más. El desierto cubría con su manto dorado y sedoso el resto de los edificios arruinados que se extendían hasta confundirse con él en la lejanía.

—¡Que no decaiga el ánimo! —exhortó Hassan, intentando elevar la moral. Estaba claro que aquel sitio no era el bullicioso y fascinante El Cairo, pero tampoco era eso lo que habían venido a buscar— ¿No queríais montar en camello? ¡Pues ahí tenéis más de veinte! —dijo Hassan a los chicos.

La propuesta de Hassan pareció aliviar por el momento su desánimo. Soltaron las mochilas y salieron corriendo hasta el cercado de madera para observar más de cerca a los animales. Nunca habían visto tantos camellos juntos, y había algunos muy jóvenes mamando de las ubres de sus madres. Detrás del corral un hombre arreglaba los pesebres y amontonaba los excrementos en una esquina del establo, mientras una mujer ordeñaba a una camella. Hassan y Yalil salieron a su encuentro.

–¡Buenos días! ¿El señor Malik, por favor? –preguntó Yalil dirigiéndose al hombre.

–Sí, soy yo –respondió él– ¿qué es lo que desean?

–Queremos alquilar algunos camellos –respondió Yalil.

El hombre no pareció ilusionarse demasiado con la idea. No los conocía de nada y no tenía muy buen recuerdo de otros forasteros.

–¿Adónde quieren ir?

–Pues a decir verdad... –respondió Yalil mirando a Hassan– no lo sabemos exactamente.

–Pues a decir verdad hay un refrán que dice que «Quien no sabe adónde va, puede llegar a cualquier parte». ¿No serán ustedes de esos?, porque en ese caso no alquilo animales a nadie.

–Perdone señor –intervino Hassan–, nos dirigimos al valle de Hammammat pero no podemos precisar aún hasta qué punto del mismo queremos llegar. Necesitamos hablar con el jefe de la caravana que viaja a Qoceir. ¿Sabe usted dónde podemos encontrarle?

–Todavía no ha llegado. Partió hace ya días de allí, y si

no encuentran ningún contratiempo por el camino, la caravana llegará esta noche.

–En ese caso, no podemos hacer otra cosa que esperar –opinó Hassan–. Venimos de Luxor. Pensábamos que todavía se podían alquilar camellos en los establos del señor Muhammad, pero nos han comentado que murió hace ya tiempo y que ya no los alquilan. El ayudante del nuevo dueño nos remitió a usted.

–¡Ah! ¡Ese viejo chacal! –exclamó Malik ya más satisfecho por la familiaridad de la referencia–. Todavía queda gente honrada ¿sabe usted? En fin –añadió–, supongo que además de los animales necesitarán provisiones, tiendas y carbón vegetal.

–En efecto –asintió Hassan.

–Bueno, pues iremos preparando todo eso. Tal vez quieran tomar algo mientras tanto. ¿Por qué no pasan a la posada? Mi mujer les preparará algo de comer –les dijo invitándoles a entrar.

–Aceptamos gustosos su ofrecimiento, pero no desearíamos causarle molestias –contestó Hassan cortésmente.

–¡De ninguna manera! Hasta mañana no podrán salir. Todavía no he terminado de preparar la mercancía que sale para Qoceir al amanecer, por lo que, si no tienen nada mejor que hacer, pasen adentro y siéntense;  hará menos calor. ¡Mujer! Ve y prepara a estas gentes algo de comer –ordenó Malik a su esposa.

La mujer obedeció a su marido y acompañó a sus huéspedes al interior de la casa. Efectivamente, allí dentro se estaba mucho mejor y más fresco.

–Ahora mismo –dijo ella– les preparo algo de comer; espero que les guste la leche de camella.

–¿Leche de camella? –replicó Tamín.

–Seguro que te gustará, hijo. ¡Hago un dulce de leche riquísimo! –dijo la mujer al ver la cara de asco que Tamín intentó reprimir sin mucho éxito.

–Seguro que sí –apuntó Hassan, echándole una mirada claramente reprobatoria.

–Entonces, si les parece bien comeremos dentro de media hora –convino la mujer.

–¡Estupendo! –exclamó Yalil–. Mientras tanto iremos descargando nuestro equipaje y acomodándonos en las habitaciones.

Comieron en una de las mesas en torno al pozo que había en el centro de la casa. La mujer del señor Malik había preparado platos exquisitos, y Tamín no pareció hacerle ascos al dulce de leche ya que repitió varias veces, ante la agradable sonrisa de aquella mujer de rostro afable. Después decidieron descansar a la espera de que transcurrieran las horas más calurosas del día. La caravana todavía no había llegado, y vista la aldea, no había mucho más que hacer allí.

Una polvareda sacudió el horizonte por Oriente, cubriendo el cielo con una nube anaranjada teñida por los últimos rayos cobrizos de sol. Era la caravana que volvía de Qoceir. No más de ocho jinetes la componían cargados de mercancías hasta arriba de las jorobas de los camellos.

A medida que la caravana se aproximaba, los pocos aldeanos que allí habitaban se fueron congregando en los establos de Malik. Era la única actividad de importancia que motivaba a despertarse, y en el caso de Hassan, Yalil y los chicos ello suponía conocer más noticias y detalles acerca del viaje de Bakrí.

–¡Mumarak! ¡Viejo zorro! –exclamó el señor Malik saliendo a su encuentro– ¿Cómo ha ido eso?

–¡Buff! ¡Ha sido una travesía terrible! –exclamó el jefe del grupo bajándose del camello–. ¡Hemos tenido un tiempo de perros! –gruñó Mumarak sacudiendo la cabeza–. Nos sorprendió una tormenta de arena bajando el desfiladero, justo antes de atravesar la última línea de montañas, desde la que ya se divisa el valle del Nilo, y por si eso fuera poco, el desprendimiento de varias rocas casi nos mata. Te digo, Malik, que ese valle ya no es seguro; habría que buscar una ruta alternativa y menos peligrosa.

–¡De veras que lo siento! Pero lo importante es que ya estáis de regreso. ¿Cómo se han portado mis camellos?

–¡Tienes los mejores camellos que se hayan visto jamás! –exclamó Mumarak satisfecho, sacudiendo una palmada en los cuartos traseros del animal.

Malik recogió a los animales y los acercó a abrevar al pilón de agua. Tamín y Kinani le ayudaron. Mientras tanto, el resto del grupo descargaba las gruesas alforjas y los bultos con las mercancías y liberaban a los camellos del enorme peso.

Hassan y Yalil habían esperado ansiosos la llegada de la caravana y ahora deseaban conocer al jefe del grupo que podría informarles de muchos más detalles acerca de Bakrí. Malik pasó rápidamente a poner a Mumarak al corriente de sus objetivos.

–Señor Mumarak, me llamo Hassan Bassili. Le presento al señor al Bayal, egiptólogo del museo de El Cairo. Aquellos dos jóvenes también viajan con nosotros.

–Desearíamos viajar mañana con la caravana hacia Qoceir –le explicó Hassan–, aunque no queremos llegar hasta el puerto. Nuestro trayecto será más corto, supongo –dijo entonces mirando a Yalil–. Nos han dicho que hace algún tiempo recogieron a un hombre perdido en el desierto.

–¡Sí, es cierto! –exclamó Malik interrumpiendo a Hassan–. ¿Te acuerdas, Mumarak? ¡Aquel tipo al que le alquilé un camello y dos días más tarde volvió el animal solo al establo!

–¡Sí! ¡Claro que me acuerdo! Salió con nosotros y luego, la segunda noche, desapareció del campamento sin dejar ni rastro. ¡Qué sé yo lo que habría ido a buscar en medio del desierto! Pero, medio día más, y casi no lo cuenta.

–¿Y recuerda usted el sitio exacto en donde lo encontraron? –preguntó Hassan.

–Sí, claro –respondió Mumarak–. La noche que desapareció no habíamos comenzado a cruzar las montañas y luego, en el camino de regreso, apareció a mitad del desfiladero más peligroso del Hammammat, precisamente en las laderas que llamamos del Diablo y que hace tiempo que solemos evitar, ya que últimamente se están produciendo muchos desprendimientos de rocas desde lo alto de las crestas. Esos riscos están muy descarnados; las tormentas de arena erosionan esa pared con fuerza y las rocas ya no tienen donde agarrarse.

–¡Pues es precisamente allí adonde queremos ir! –le instó Hassan, ante el gesto perplejo de Mumarak y Malik.

–¿Pero con qué objeto? ¿Qué es lo que piensa ir a buscar? ¡Allí no hay más que desierto y montañas secas! Ni siquiera hay un solo oasis hasta llegar al mismo puerto de Qoceir. Si lo que han venido a buscar son ruinas y cosas por el estilo, les puedo asegurar que en veinte años que llevo cruzando el valle, no he visto absolutamente nada que pueda serles de interés. De cualquier forma, ustedes vienen tras la pista de ese mercader loco. ¿Podría preguntarles qué es lo que han venido a buscar que ese chiflado no haya encontrado?

–Vamos buscando los restos de una ciudad perdida –aclaró Yalil–. Para nosotros es muy importante saber dónde está la ciudad que ese mercader encontró y cuya pista, por desgracia, hemos perdido en El Cairo.

–Pero adentrarse en las montañas del Hammammat es muy peligroso y además, ¡llevan dos menores! Tal vez los chicos puedan esperar aquí mientras exploran la zona –propuso Mumarak.

–No creo que ocurra nada –intervino Hassan, consciente del papel de Tamín y Kinani en todo aquello–. Sabiendo el punto exacto en el que encontró a Bakrí, la exploración será mucho más fácil. Además, Yalil es un gran experto en estos temas.

–Como ustedes deseen, pero sigo pensando que es muy arriesgado –replicó Mumarak–. Ahora bien, si han venido hasta aquí desde El Cairo, me imagino que serán lo suficientemente responsables como para saber qué es lo que deben hacer. Por mi parte no hay ningún inconveniente.

–Se lo agradecemos muchísimo –dijo Hassan– y además, será un gran placer viajar con su caravana.

# 7
## Por la ruta de las caravanas

Por fin llegó el amanecer esperado. Desde mucho antes de que despuntase el alba todos estaban despiertos. La esposa del señor Malik sirvió un desayuno abundante y los muchachos apuraban los últimos sorbos de leche caliente con canela. En los establos, Malik y Mumarak revisaban los cargamentos concienzudamente.

–¡Aprieta bien esa cincha, que no se mueva la carga! –ordenó Mumarak a uno de sus hombres.

–Bueno, pues yo creo que todo está listo –dijo Malik, revisando de nuevo cada alforja de los once camellos preparados–. ¡Ah! Y no te olvides de traerme semillas de mostaza –recordó a Mumarak–. El barquero me ha insistido por cuarta vez en que las necesitan en Luxor y también en Abydos.

–¡Está bien! Haré lo que pueda –replicó–, pero las semillas de mostaza escasean en Qoceir desde hace tres semanas. Tenía que haber llegado un barco desde Suez pero ha debido de descargarlas en el puerto árabe de Tor y no supieron decirme cuándo llegarían más.

–En ese caso no nos queda más remedio que esperar. Confío en que los comerciantes de Luxor no terminen por traerlas de El Cairo aunque sean de peor calidad que las nuestras. ¡Bien! Todo está listo –concluyó Malik.

–¡Señor Malik! Todavía no hemos hablado de lo que le debemos, pero cualquier precio me parecerá razonable –dijo Hassan.

–A su regreso, señor Bassili.

–Hassan –corrigió él, con gesto afable.

–De acuerdo, Hassan –consintió Malik–. Ya hablaremos de ello cuando estéis de vuelta.

–¡Tamín, Kinani! ¡Subid ya! –ordenó Hassan entonces.

Kinani y Tamín montaron en el animal ayudados por el señor Malik. Tamín colocó delante de él a su hermano y ambos se sujetaron fuertemente a la silla, aguantando la brusca sacudida del camello al levantarse. Todos los demás ya estaban preparados y tiraban de las riendas dirigiendo a los animales en columna de a uno.

–¡Que tengáis un buen viaje! –exclamó el señor Malik, mientras cerraba la cerca de los establos.

Su esposa también se despedía desde la puerta de la posada, aunque en su rostro se reflejaba un cierto aire de preocupación por los chicos.

El viaje había comenzado y la silueta de la caravana se recortaba en el horizonte, silenciosa y legendaria, rumbo al misterioso valle del Hammammat.

Hassan y Yalil viajaban detrás del señor Mumarak, seguidos de Tamín y Kinani, que parecían disfrutar enormemente del paseo. El resto de los hombres cabalgaba a sus espaldas. Los camellos avanzaban lentamente sin necesidad casi de ser guiados ya que conocían de sobra el camino.

–¿Qué ruta seguiremos exactamente? –gritó Yalil desde atrás a Mumarak que iba en cabeza.

–Tenemos un buen trecho de arenas hasta que empecemos a subir la pendiente hacia las montañas que se abren en torno al valle. Esta es una zona que no presenta muchos problemas; hay que dirigirse siempre hacia el Este.

–¿Y cuando lleguemos a las montañas? ¿Qué dirección tomaremos? –preguntó de nuevo.

–Primero dejaremos el mar de dunas en donde, por cierto, suelen formarse muchas tormentas de arena cuando arrecia viento del Norte. Luego entraremos en el valle y desde allí sólo hay que seguir el cauce seco del río hasta llegar a un desfiladero muy encajado. Es ahí donde suele haber más peligro, sobre todo por el desprendimiento de rocas del que les hablé ayer.

–¿El desfiladero del Diablo? –preguntó Yalil.

–Exacto. Es realmente un trecho endiablado. Hemos sufrido muchos asaltos por parte de los ladrones de caravanas, y cuando te ves sorprendido, así tan de repente, créame que uno se siente terriblemente impotente. Por eso ahora también nosotros vamos armados.

–¿Y fue allí donde encontraron a Bakrí? –preguntó entonces Hassan.

–Sí –afirmó Mumarak–. Nos encontramos con él justo a la entrada del cañón, aunque sigo sin comprender cómo pudo haber bajado por esas laderas sin despeñarse. No llevaba ni cuerdas, ni nada que le hubiera permitido descolgarse por esos riscos. Si está vivo aún es un verdadero milagro.

–No le quepa la menor duda –añadió Yalil–. ¿Y cuánto tardaremos en llegar hasta las montañas?

–Mañana por la tarde podríamos estar ahí –respondió–. Acamparemos en el mismo sitio en el que nos detuvimos cuando el mercader nos acompañó. Desde allí ya pueden verse los riscos del desfiladero del Diablo.

Durante horas la caravana se arrastró pausadamente a través de las tórridas arenas. Las pezuñas de los animales iban dejando una profunda huella en la superficie lisa del desierto y el calor apretaba con fuerza. Mumarak había dado orden a Hassan, Yalil y a los chicos de cubrirse la cara con la punta del turbante: sus rostros no estaban acostumbrados al resplandor ardiente de la arena y sus pieles podrían quemarse con facilidad, incluso la de Hassan, más acostumbrada al aire húmedo de El Cairo, pese a su origen nubio.

Sin embargo, los treinta kilómetros diarios que podía avanzar una caravana por el desierto eran muy pocos para un espíritu ansioso como el de Yalil, quien no se resignaba a seguir un ritmo tan exasperadamente lento. Pero aquel calor y el sol abrasador terminaron por devorar su paciencia.

–¿No podríamos ir más rápido? –le propuso entonces ansiosamente a Mumarak.

–¿Y para qué? ¿Tienes prisa, muchacho?

–¡De seguir a este ritmo no llegaremos nunca al mar de dunas! –replicó él con desasosiego.

–Muchacho, la impaciencia no es buena y además suele ser mala compañera. Comprendo que estés acostumbrado al ritmo bullicioso de una gran ciudad como El Cairo, pero ¡hijo!, el desierto no conoce la palabra «tiempo». Los animales necesitan caminar a su ritmo. De lo contrario consumirían sus propias reservas y no llegarían vivos hasta Qoceir. Ten calma. Cuando mañana os desviéis y toméis vuestro camino, a lo mejor te arrepientes de tus prisas. El desierto puede convertirse en tu peor enemigo. Si esa ciudad lleva siglos enterrada, me imagino que podrá esperar un día más a que la descubras.

Yalil resopló con fuerza. Creía que a ese ritmo el viaje se haría interminable. Hassan no compartía la impaciencia de su amigo y también le aconsejó que se tranquilizase.

La tarde transcurrió con lentitud pasmosa hasta que el sol fue declinando por el horizonte, rojo y achatado como una inmensa bandeja de cobre pulido. Los chicos iban casi dormidos encima del animal, acunados por el vaivén monótono y silencioso de la camella, y prácticamente no se dieron cuenta de que el día había terminado.

Las brasas de una hoguera ardían bajo una tetera de latón y el humo de la pipa de Hassan perfumaba el interior de la tienda con su aroma dulzón. Tamín y Kinani dormían ya, recostados sobre las alfombras de colores, completamente agotados y ajenos a los comentarios de los hombres de Mumarak. Fuera, Yalil observaba el horizonte inmenso que se extendía ante él, silenciosamente desafiante y misterioso.

–No te preocupes tanto –dijo Hassan saliendo a su encuentro–. Alá proveerá.

–¿Pero cómo sabremos qué camino tomar? –preguntó con aire ansioso–. Estamos a sólo una jornada de camino. Mañana comenzaremos a cruzar el mar de dunas y todavía no hemos previsto el rumbo que vamos a seguir.

–No sabría contestarte. Lo mejor es que entres e intentes dormir un poco; nos esperan días duros y te conviene descansar. No sé..., pero presiento que mañana tendremos suerte. ¡Ya lo verás! ¡Sí! Seguro que mañana daremos con la pista que tanto andamos buscando. No debes desanimarte tan pronto.

–¿Acaso piensas revelarme de una vez por todas el porqué de la presencia de los chicos en esta expedición? –preguntó Yalil con cierto tono escéptico.

Hassan se lo quedó mirando sin decir palabra, y sólo esbozó una leve sonrisa. Luego miró a la luna y aspiró con fuerza una bocanada de tabaco.

–Tal vez –respondió con tono enigmático–. A su debido tiempo, Yalil, a su debido tiempo–. Y sin asentir, como hubiera sido el deseo de Yalil, entraron de nuevo en la tienda y se unieron al grupo hasta que el sueño les venció.

El segundo día de camino no parecía tener fin. La caravana se desplazaba en una hilera segmentada de camellos, y las profundas huellas de sus pezuñas eran rápidamente borradas por un viento molesto que arreciaba hacía horas. Antes del mediodía ya habían alcanzado el mar de dunas, y atrás quedaban las llanuras de arenas que se extendían sin límite hasta el horizonte más lejano que uno hubiera podido imaginarse.

De pronto, Mumarak se alzó sobre la grupa de su camello y, volviéndose hacia la caravana que le seguía, lanzó una preocupante mirada a sus hombres que estos captaron de inmediato. Seguro del objeto de su fundado temor, decidió comunicarlo sin esperar más tiempo.

–¡Es Khamsin! –gritó entonces al alcanzar la cornisa de una nueva duna.

–¿Cómo dice? –preguntó Yalil.

–¡Que se ha levantado el viento del Khamsin! Si sigue arreciando con más fuerza nos obligará a detener la caravana –respondió él.

Hassan no pareció oír a Mumarak. Tenía problemas con su camello y no conseguía tranquilizar al animal que se resistía a subir la ladera de la duna. «¡Quieto, tranquilo!» le gritó repetidas veces. Dos hombres salieron en su ayuda, pero para entonces el animal, asustado y descontrolado, había tirado a Hassan de la silla y toda la mercancía corría desparramada ladera abajo. La mochila salió despedida rodando con todo lo demás y de su interior se resbaló el espejo egipcio que rodó también hasta que finalmente quedó clavado en la arena mostrando su disco dorado al sol.

—¡Hassan! –gritaron asustados los chicos que cabalgaban a su espalda.

—¡Detén al camello, Tamín! ¡Deténlo! –ordenó Kinani muy nervioso.

Tamín tiró de las riendas y evitó que el animal comenzara a subir la duna. Yalil y Mumarak esperaban expectantes en lo alto de la cresta sin poder hacer nada ya para remediar la aparatosa caída, mientras Hassan seguía rodando ladera abajo envuelto en una nube de arena. Kinani bajó rápidamente del camello y fue al encuentro de Hassan.

—¡Hassan! ¡Hassan! ¿Te encuentras bien? ¿Te has hecho daño?

Hassan, bañado en polvo y sudor, y lleno de arena por todos lados, miró al joven. El susto había pasado. No parecía haberse roto nada pero el revolcón había dejado a todos sin aliento hasta el desenlace final de la caída.

—¡Demos gracias a Alá! –respondió él, recobrando la respiración–. Me encuentro bien. No ha sido más que el susto.

Los hombres de Mumarak habían tranquilizado ya al camello. El paso de una cobra, que ahora reptaba silenciosamente hacia la parte opuesta de la ladera, había asustado al animal. Hassan no la vio, pero su camello sí. Yalil y el jefe de la caravana respiraron aliviados al ver que Hassan se encontraba bien. Kinani se dispuso a recoger los objetos desparramados a su lado al pie de la ladera y una vez que recuperó el espejo, hizo señas con él haciéndolo girar varias veces mientras lo orientaba hacia Yalil, dándole a entender que todo estaba en orden.

Pero de pronto sucedió algo insólito. El reflejo del sol

se cruzó en el espejo y emitió un rayo que salió disparado como un dardo mortífero hacia el rostro de Yalil. De inmediato Yalil lanzó un grito de dolor agudo y profundo, echándose las manos a la cara.

−¿Qué ha pasado? −preguntó perplejo Mumarak que había visto lo que acababa de suceder.

−¡No puedo ver! ¡El espejo!... ¿Qué ha ocurrido?... ¡Me he quedado ciego! −gemía Yalil desesperado con la visión completamente borrosa−. ¡Sólo veo bultos! ¡No puedo distinguir nada!

La confusión reinó de nuevo. Kinani sostenía el espejo en sus manos sin entender qué es lo que había ocurrido. Sabía de los poderes mágicos del espejo pero no de su fuerza destructora. ¿Por qué habría «atacado» a Yalil?

Hassan se incorporó y recogió todos los bultos ayudado por los demás.

−¡Vamos! ¡Subamos de una maldita vez esta duna! −exclamó ya repuesto.

El resto de la caravana subió la ladera y rodearon a Yalil manifestando su preocupación. Mumarak le había vendado los ojos colocándole varias rodajas de pepino frescas que aliviarían la quemadura producida por el rayo y, mientras se afanaba por curar sus heridas lo mejor posible, no tardó en comunicar un cierto grado de malestar y desconcierto ante lo ocurrido.

−¿Qué ha ocurrido, Hassan? −le interrogó Mumarak terminando de rematar el vendaje−. Jamás había visto una cosa parecida. ¿Se puede saber qué clase de extraños objetos llevas contigo?

–¡Se trata de un simple espejo de cobre! –respondió Hassan tratando de calmarlo–. Yo tampoco entiendo qué es lo que ha sucedido. ¡Yalil, muchacho! ¿Cómo te encuentras? –preguntó consternado.

–Mal, Hassan. No puedo ver nada –respondió quejumbroso.

–Me temo que ésta puede ser nuestra primera pista y no parece que sea una buena bienvenida –argumentó Hassan–. El rayo ha sido un claro aviso de que nos encontramos cerca de la ciudad. Bakrí dijo que había visto «cosas muy extrañas» y me advirtió de un peligro. Tal vez se refería a fenómenos como éste. De cualquier forma, a partir de ahora deberemos estar preparados para cualquier imprevisto.

–Yo no creo que debamos temer nada –añadió Mumarak con tono escéptico–. El sol es muy fuerte en esta región y, aunque no es normal lo que acaba de suceder, de lo único que tenemos que tener miedo es del Khamsin. Si sigue arreciando con más fuerza nos obligará a acampar antes de lo previsto. ¡Que todo el mundo monte de nuevo! –ordenó, reiniciando la marcha.

La caravana se puso en pie y siguió remontando y bajando dunas durante horas, luchando casi a ciegas contra las ráfagas de arena racheadas. Mumarak buscaba la ruta más accesible, pero el desierto se había convertido en un mar embravecido cuyas olas, duras y doradas, eran sólo el juguete del caprichoso Khamsin que se divertía alterando a su antojo la morfología del paisaje.

–¿Te duele mucho, Yalil? –le preguntó Kinani suavemente, aproximándose a su oído.

–Sí. Me duele. Pero Kinani, ¿cómo has podido hacer eso?

–¡Pero si no ha sido culpa mía! ¡Yo no hice más que levantar el espejo y hacerte señas! –replicó él apesadumbrado–. El espejo tiene poderes mágicos. Hassan lo sabe y por eso lo ha traído, pero ignorábamos que pudiera hacernos daño.

–¿Y qué clase de poderes tiene?

–Si aún no lo sabes es que todavía Hassan no te ha contado nada, y yo no puedo romper mi juramento secreto, ¿sabes? Juré que no se lo diría a nadie y si lo hago me quedaré mudo –argumentó Kinani.

–¡Pero, qué tontería es esa de que te vas a quedar mudo por desvelar un juramento! –exclamó Yalil.

–¡Yalil! ¿Cómo te encuentras? –gritó Hassan girándose hacia atrás.

–¡Mejor! –respondió él–. ¡No te preocupes por mí!

Hassan había interrumpido la conversación pero Kinani no pareció dispuesto a retomarla. Si Hassan no le había dicho nada hasta ahora, era porque no había llegado el momento adecuado, aunque comprendía que Yalil se mostrase impaciente y exigiese una aclaración.

El Khamsin siguió arreciando con furia hasta la caída de la tarde. Mumarak decidió detener la caravana y acampar al pie de una duna. Los hombres desmontaron de los camellos y comenzaron a instalar la tienda de lonas y pieles. Entonces Mumarak y tres de sus hombres reunieron a los camellos y los dispusieron delante del campamento atándolos a una estaca central. Poco después casi había anochecido, aunque resultaba difícil saber si la oscuridad que se abatía sobre ellos se debía a la misma tormenta, o a que realmente el sol se hubiese ya ocultado.

Hassan decidió curar a Yalil aprovechando los preparativos de la cena. La arena se había ido acumulando en los repliegues del turbante, y el viento había conseguido aflojar todo el vendaje. Retiró con delicadeza la venda y luego las rodajas de pepino que aún permanecían frescas. Yalil seguía ciego. El rayo no le había quemado los ojos pero el fuerte destello había dilatado sus pupilas, dejándolas como las de un gato en plena noche. Además tenía una enorme quemadura en el entrecejo. Entonces Mumarak se acercó a examinarle.

–¡Déjame ver! –dijo aproximándose a su rostro. Luego examinó con detenimiento los ojos y la herida–. No parece que las pupilas estén dañadas. La quemadura te dejará una buena cicatriz pero creo que recuperarás la vista. No es tan grave como parecía en un principio –concluyó aliviando la preocupación de todos–. ¡Abdul! Trae un poco de grasa de cordero. Se la untaremos en la herida; eso ayudará a cicatrizar. ¡En fin, muchacho! Creo que has tenido suerte: dos centímetros más a la derecha o la izquierda y hubieras perdido un ojo.

Yalil resopló aliviado y Hassan pareció quitarse un enorme peso de encima. ¡De haberse quedado ciego no se lo hubiera perdonado jamás!

–¡Dime, Mumarak! ¿Es aquí donde acampasteis aquella noche con Bakrí? –preguntó Yalil ya más tranquilo mientras Mumarak terminaba de curarlo.

–No. Aún no hemos tenido tiempo de cruzar el mar de dunas. Queda un trecho que, si el Khamsin nos lo permite, podremos hacer mañana. Este viento es imprevisible: pero puede darse el caso de que nos retenga durante días.

–¿Tendríamos que pasar días enteros encerrados dentro de la tienda? –exclamó Tamín sobresaltado.

–No quedaría más remedio –respondió Mumarak–. Los camellos no obedecen en medio de una tormenta de Khamsin. Si saliésemos con este tiempo, la caravana podría llegar a desperdigarse. Es muy peligroso y nos arriesgaríamos tontamente sólo por ganar media jornada de camino.

El comentario de Mumarak resultó de lo más desalentador a oídos de Yalil. Lo único que conseguía animarle era la calma de la que Hassan parecía hacer gala en cualquier situación por muy difícil que ésta fuera. De este modo, se armó de paciencia y, sentándose a su lado, alrededor de las brasas, aprovecharon las largas horas que aún quedaban por delante para charlar con los hombres de Mumarak y obtener algo más de información acerca de la zona por la que estaban viajando.

# 8
## El secreto de las dunas

Reinaba un silencio absoluto y todos aún dormían cuando el ronco bramido de un camello despertó a Kinani. Ya no se oía la arena golpeando contra la tienda y el silbido del viento había cesado. Entonces se dirigió hacia la entrada, levantó un pedazo de esquina de la gruesa piel de camello que caía a modo de puerta y asomó la cabeza. Estaba amaneciendo y los camellos yacían semienterrados en la arena. Pero el Khamsin había cesado.

–¡Despertaos! ¡La tormenta ya ha pasado! –gritó entonces loco de contento, dando la buena noticia a todos.

–¡Bendito sea Alá! –exclamó Mumarak al comprobar por sí mismo y aún medio dormido la noticia de Kinani–. Finalmente podemos levantar el campamento. ¡Abdul, Ahmed! ¡Id preparando el desayuno!

Los hombres de Mumarak obedecieron rápidamente. Desayunaron y luego desmontaron la tienda que casi había quedado enterrada tras la tormenta.

La luz del alba despuntaba por el horizonte y delante de ellos se extendía un nuevo paisaje muy distinto al que recordaban del día anterior. Habían desaparecido colinas enteras y sin embargo otras nuevas se habían formado, más grandes y más anchas, desfigurando por completo el perfil del desierto. Pero afortunadamente el cielo estaba limpio y despejado.

Lista ya la caravana y preparados los camellos para reiniciar el viaje, Mumarak se puso a la cabeza, e introduciendo su mano debajo de la túnica, extrajo del pecho la brújula que llevaba colgada al cuello. Observó la manecilla apuntando al Norte y entonces giró la cabeza del camello hacia el Este. Un golpe seco en el cuello del animal hizo arrancar su paso y a continuación todos le siguieron. ¡Por fin abandonarían el mar de dunas!

Sobre el horizonte se recortaba la silueta de la caravana avanzando lentamente. El sol quemaba como un demonio y sobre las dunas se levantaba una cortina temblona de calor que desdibujaba el perfil de las colinas más lejanas. Después de varias horas de viaje, Mumarak pudo divisar en el horizonte la primera hilera de montañas peladas y resecas.

–¡Allí están! –exclamó deteniendo la caravana un instante–. Allí comienza el valle del Hammammat. ¿Lo veis?

De repente el corazón de Yalil se sobresaltó y, alzándose sobre la silla, estiró la cabeza creyendo verlas él también, aunque, claro, sólo pudo imaginárselas.

–Sí. Se ven perfectamente y... ¡Qué curioso! –advirtió Hassan–. Fijaos en esas tres dunas de la izquierda; conservan una perfecta simetría. Las tres son igual de altas y, sin embargo, no parece haber más dunas a su alrededor.

—¿Cómo dices? —gritó Yalil muy excitado al oírle—. ¡Repite lo que acabas de decir!

—Decía —dijo Hassan un tanto extrañado por su reacción nerviosa— que se ven tres dunas a la izquierda y que las tres son del mismo tamaño.

—¡Exacto! —exclamó Yalil entusiasmado, haciendo chascar los dedos—. ¡Esa es la pista que andábamos buscando! ¿Os dais cuenta? ¡Son las Tres Dunas del dios Ha! Los antiguos egipcios representaban al dios del desierto mediante un signo jeroglífico que consistía en tres montículos o dunas del mismo tamaño.

—Pero eso no es más que el resultado de la tormenta —añadió despectivamente Mumarak ante las argumentaciones científicas de Yalil—. Lo mismo mañana ya no están, o el viento las hace reaparecer.

—¡No! ¡Creedme! —insistió muy seguro de lo que estaba diciendo—. Estoy ciego pero sé leer en mi intuición que esa es la señal que tanto esperábamos. Tenemos que dirigirnos hacia las tres dunas. Es aquí donde debemos separarnos.

Mumarak hizo una mueca de profundo escepticismo. Sus hombres no dijeron ni palabra pero tampoco parecieron muy convencidos de la idea de Yalil. Se hizo un gran silencio y luego Mumarak miró a Hassan esperando una tercera opinión. Pero Hassan calló y apoyó de este modo la intuición de Yalil. La decisión estaba tomada: seguirían hacia las tres dunas.

—Bien, pues si tan seguros estáis, entonces es aquí donde se separan nuestros caminos –concluyó Mumarak–. Lleváis provisiones y agua para dos semanas y ya os he explicado cuál es la ruta que continúa hasta Qoceir. No tiene pérdida aunque os recuerdo que el desfiladero del Diablo es peligroso. Nosotros cruzaremos de vuelta el valle dentro de unos días. Si para entonces habéis terminado vuestra misión y queréis esperar a la caravana, podréis acampar en cualquier punto del valle que no sea el desfiladero; lleváis vuestra tienda y os veremos sin dificultad.

–Te agradecemos muchísimo tu preocupación y tu amistad –dijo Hassan–. Sin ti no hubiéramos llegado hasta aquí. Procuraremos encontrarnos en el valle dentro de unos días y regresar juntos a Qift.

–Eso me parece bien –convino Mumarak–. ¡Que Alá os guarde!

Entonces Mumarak y sus hombres se despidieron de ellos. Luego Hassan, Yalil y los chicos se quedaron allí parados durante unos minutos más viendo cómo la caravana se alejaba hacia el Este en una alargada hilera, mientras su pequeño convoy formado por los tres camellos iniciaba definitivamente la marcha y se encaminaba más allá de las tres dunas.

–¡Bueno! Ya estamos de camino –dijo Hassan.

–¿Qué distancia calculas que habrá hasta allí? –preguntó Yalil, preso de su ceguera.

–No lo sé exactamente, pero tal vez podamos llegar al atardecer.

—¿Y qué haremos cuando lleguemos a las dunas? –preguntó Tamín–. ¿Tendremos que esperar otra señal?

—Esos tres montículos señalan los dominios del dios del desierto y si la ciudad que vamos buscando lleva precisamente su nombre, «La que agrada al dios Ha», eso significa que si realizamos una prospección por esa zona tendremos que encontrar restos de la antigua ciudad minera –argumentó Yalil–. Por eso es importante que, mientras yo siga ciego, vosotros pongáis vuestros cinco sentidos en todo lo que veáis.

—¿Pero qué restos deberíamos encontrar? –preguntó Tamín.

—Fragmentos de cerámica, o tal vez un reflejo muy brillante en la montaña. Recordad que buscamos una ciudad minera que explotaba grandes cantidades de oro y que sus filones no terminaron de extraerse por causas que desconocemos, pero no porque el oro se acabase. Eso quiere decir que aún deben quedar grandes vetas auríferas en la montaña.

Pero mientras tanto, las tres dunas seguían en su horizonte como único destino por alcanzar. Fijas y bien silueteadas, dominaban el desierto hacia el Noreste. Detrás de ellas se elevaban las crestas de las resecas montañas, si bien algo más suavizadas que las que se abrían en el valle del Hammammat. Sin embargo, a medida que se acercaban, la brisa se convirtió de nuevo en un viento molesto que se entretenía en revolverse entre las túnicas y los turbantes.

—¿Qué ocurre? –preguntó Yalil–. ¿Es de nuevo el Khamsin?

–No lo creo. A medida que nos acercamos a las dunas se forman remolinos de viento a nuestro alrededor, pero no parece el Khamsin, aunque es igual de molesto.

–¿No os impide ver? –preguntó él.

–Por el momento, no. Pero cada vez arrastra más arena y los camellos parecen inquietos. En cuanto lleguemos, acamparemos delante de ellas.

–Me parece bien –convino Yalil.

Sin embargo el viento empeoraba cada vez más la visibilidad. Chocaba contra los cuerpos de los camellos y éstos, asustados, emitían un agudo bramido de protesta, mientras Hassan, Yalil y los chicos se aferraban fuertemente a las monturas. Llegó un momento en el que se hizo imposible seguir cabalgando a pesar de todos los esfuerzos por mantenerse sentados en las sillas; ni los mismos camellos eran ya capaces de aguantar con firmeza las embestidas del viento y su inmensa estatura, sumada a la de sus jinetes, les hacían cada vez más vulnerables a las ráfagas. La decisión de Hassan no se hizo esperar.

–¡Desmontad! –gritó resueltamente–. ¡Continuaremos a pie! Andando, ofreceremos menos resistencia al viento; de lo contrario terminará derribándonos de los camellos y de paso también a ellos.

–¿Cuánto queda para llegar? –preguntó de nuevo Yalil con tono preocupado.

–Estamos prácticamente al pie de las dunas. Agárrate fuerte a la montura y no la sueltes. Kinani seguirá a tu lado. ¡Tamín! Dame las riendas de tu camello y no te separes de mí. Y ahora, todos caminaremos del lado derecho de los animales; sus cuerpos nos protegerán frenando las ráfagas.

–Pero, ¿por qué se ha enfurecido el viento? –preguntó Kinani–. Cuanto más nos acercamos a las dunas más nos golpea. Parece como si no quisiera que llegásemos.

Y en efecto estaban en lo cierto. Hassan también se había dado cuenta de ello pero no había dicho ni palabra. Tenía la intuición de que ese antiguo «dios del desierto» no les perdonaba su irrupción en sus dominios.

Casi a ciegas consiguieron finalmente llegar hasta el pie de las tres dunas. Mientras Yalil sujetaba con fuerza las riendas de los camellos, Hassan, Tamín y Kinani bajaron los bultos y se obstinaron por luchar con denuedo hasta que los mástiles quedaron bien hincados en la arena. Luego amarraron a los animales a una gruesa estaca. Hassan y Tamín montaron las lonas de gruesas pieles y clavaron los tensores a golpe de maza. Después de una lucha sin tregua la tienda quedó instalada y lista para aguantar la tormenta el tiempo que hiciese falta.

–Espero que los correajes aguanten –dijo Hassan atando las dos únicas cuerdas que quedaban para cerrar finalmente la puerta–. Mumarak nos advirtió de fuertes tormentas en esta zona pero pensé que habíamos tenido suficiente con el Khamsin.

–¿Qué haremos ahora, Hassan? –preguntó Tamín, sacudiéndose la arena del turbante.

–Veo que habéis colocado todos los víveres, el agua y el equipaje. Casi ha anochecido y con este tiempo no podemos movernos hasta que no cese el viento. Deberíais intentar descansar un poco –propuso Hassan.

A Tamín le pareció una idea estupenda. Estaba agotado y no tardó ni dos minutos en caer rendido encima de su manta, seguido de Kinani.

Hassan aprovechó entonces para comprobar si se había producido alguna mejoría en la vista de Yalil. Retiró de nuevo el vendaje y atenuó la luz de la lámpara de petróleo para que sus pupilas no sufrieran. Yalil abrió lentamente los ojos y entonces empezó a reconocer las caras y los objetos que le rodeaban. Las pupilas seguían dilatadas y su visión era aún borrosa. Pero lo más importante es que podía ver. Sobre la piel, reblandecida y roja, Hassan untó un poco más de grasa de cordero y vendó de nuevo la herida pero dejó sus ojos al descubierto para que lentamente se fuesen acostumbrando de nuevo a la luz.

En el exterior, el viento seguía arrojando puñados de arena con tanta furia que se quedaban clavados en las gruesas pieles, y, sin experimentar cambio alguno, así se mantuvo hasta que la noche se cernió sobre el desierto, más negra y oscura que nunca, casi como una noche sin fin.

El alba despuntó sobre las crestas de las montañas del valle del Hammammat. Pero en el interior de la pequeña tienda, nadie podía adivinar que estaba amaneciendo. La furia del viento no había cesado ni un momento durante las interminables horas nocturnas, y los pobres camellos dormitaban acurrucados en un grueso ovillo, pegados a las lonas y con las cabezas recogidas entre las huesudas patas.

Yalil hacía tiempo que estaba despierto. Todos los demás aún dormían. A la luz de una lámpara encendida a poca intensidad, observaba su quemadura en el espejo de cobre y comprobaba el estado de sus pupilas; su visión había mejorado notablemente. Se sintió muy animado. Pero poco después, su vista empeoró y comenzó a ver su rostro nuevamente borroso y desdibujado. La imagen de su cara se desvanecía por segundos y notó algo extraño que no acertaba a comprender. Algo estaba ocurriendo allí. Su rostro se perdía en el disco de cobre y en su lugar podía ver otra imagen, que desde luego no era la suya, y que poco a poco se fue perfilando con toda claridad hasta que apareció el óvalo de otra persona, de otra cara muy distinta y extraña. Yalil sacudió la cabeza en medio de una gran confusión y entonces arrojó el espejo que terminó aterrizando sobre el cuerpo dormido de Kinani.

–¡No! ¡No es cierto lo que acabo de ver! –exclamó muy excitado–. ¡No puedo estar viendo alucinaciones! ¡Eso no! ¡No puedo consentir que esto me ocurra precisamente a mí! ¡A mí!

Sus gritos terminaron por despertar a los demás. Hassan y Tamín se incorporaron sobresaltados y Kinani lanzó un alarido cuando el espejo le golpeó bruscamente la espalda.

–¿Qué ocurre, Yalil? –preguntó Hassan algo aturdido y aún medio dormido.

–¡Ese espejo! ¡El maldito espejo otra vez! Ya sé que no vais a creerme, pero estaba comprobando la mejoría de mis ojos y de la herida, cuando de pronto he visto con claridad el rostro de..., de... ¡otra persona! Y lo peor de todo es que parecía ¡el de un egipcio! Quiero decir el de... un hombre del... Antiguo Egipto, con un collar en el cuello y peinado trenzado...

Entonces Hassan y los chicos se miraron con un claro gesto de complicidad mientras Yalil continuaba relatando lo ocurrido.

–Lo sabe –concluyó finalmente Kinani sin necesidad de intercambiar más palabras–. No hará falta que se lo expliques.

–Mejor así –respondió Hassan–. Lo ha descubierto por sí mismo y será más fácil que lo entienda.

–¿Pero de qué estáis hablando? –replicó Yalil molesto y confuso.

–Yalil –comenzó Hassan–, tú no has visto alucinaciones. A través de ese espejo hemos podido conocer secretos que jamás hubieras descifrado en cientos de papiros ni inscripciones. Los chicos han podido ver escenas de hace más de dos mil quinientos años. Kinani incluso posee el preciado don de entender hasta las conversaciones en egipcio antiguo que mantienen las personas que aparecen en el espejo y con quienes nos hemos tratado de comunicar varias veces. Ahora podrás comprender por qué los muchachos han venido con nosotros.

–¡Pero qué estás diciendo! –exclamó Yalil perplejo–. ¿Me quieres hacer creer que sois capaces de ver en ese chisme personas que hace miles de años que están muertas?

–En efecto –respondió Hassan– y tú mismo acabas de comprobarlo con tus propios ojos.

Entonces Yalil cogió de nuevo el espejo y lo miró con

cierto resquemor, como si le fuese a quemar o a arrojar otro dardo de fuego. No le quedaba más remedio que creer lo que acababa de oír por muy fantástico e ilógico que le resultase. Pero poco tiempo le duró ese temor. De pronto sintió una curiosidad inmensa y su miedo y su asombro se desvanecieron por completo.

–¿Y cómo funciona el espejo? –preguntó incorporándose al misterio.

–No lo sabemos –respondió Hassan–. Cuando alguno de nosotros lo sostiene en las manos, comienza a relatar fragmentos deshilachados de la historia de su tiempo, trozos inconexos que hemos tratado de unir y encajar, pero las imágenes suelen durar muy poco tiempo. Por eso sabemos que la princesa Neferure estuvo aquí y vivió en la ciudad de Hanefer. También sabemos que encabezó una conspiración en la propia mina, y que alguno de los nobles la siguieron...

–... Konser y Seosfrú –interrumpió Kinani.

–Sí. Konser y Seosfrú –repitió Hassan–. Vimos increíbles escenas en las cuales la princesa Neferure escapaba de una escolta armada a través de un pasadizo secreto acompañada por dos mujeres y una veintena de jóvenes esclavos... Los chicos gritaban esa frase que te pedí que me tradujeras «nefer neter ha». Incluso Kinani pudo hablar con uno de los esclavos, y le explicó que la ciudad se encontraba rodeada de montañas y que no era posible salir de ella. Tampoco supo decir dónde se encontraba exactamente, sino sólo que «estaba en los dominios del dios del desierto».

Yalil quedó estupefacto después de escuchar las explicaciones que tanto había esperado. Por supuesto que nunca habría imaginado nada parecido. Era demasiado increíble para ser cierto. Pero por increíble que fuese no le quedaba más remedio que aceptar las evidencias. Ahora comprendía por qué Hassan conocía tantos detalles que él ignoraba después de horas de estudio e investigación.

–¡Buff! –resopló Yalil completamente abrumado, intentando racionalizar semejante revelación–. No sé qué decir. Todo esto me parece un sueño.

–Pues no lo es. Estás despierto y ¡bien despierto! –añadió Hassan–. Tenemos que averiguar qué es lo que ocurrió y cuál fue el fin de Hanefer. Estamos muy cerca de desvelar el misterio y por eso ese infernal viento no cesa de azotarnos desde que presintió nuestra llegada.

–Tienes razón, pero, ¿cómo encontraremos la ciudad si la tormenta no cesa? Consumiremos todas nuestras provisiones y el agua antes de que nos deje salir, si es verdad lo que dices y si se confirman tus sospechas.

–¡De eso nada! –exclamó Kinani resuelto, quitándole el espejo bruscamente a Yalil–. Vamos a salir de aquí y ese maldito dios Ha no va a poder impedirnos que sigamos adelante.

–¿Qué piensas hacer? –preguntó Tamín sorprendido ante el comportamiento decidido de su hermano.

Entonces Kinani se levantó, se dirigió hacia la puerta y comenzó a desanudar los correajes.

–¿Pero es que te has vuelto loco? –exclamó Hassan–. ¿Es que no oyes cómo el viento estrella la arena contra la tienda? Si sales ahí fuera te barrerá como a un mosquito.

–El espejo me protegerá –respondió seguro de sí mismo.

Entonces Kinani abandonó la tienda, enarboló el espejo bien alto delante de él y lo mostró a su alrededor. Aquello resultó mágico, como un bálsamo aplicado a una herida abierta. Los torbellinos de arena cesaron en torno suyo estableciéndose una barrera impenetrable que lo envolvía y protegía al mismo tiempo, y que a su vez le permitía avanzar sin ser derribado por el viento.

–¡Funciona! ¡Es fantástico! ¡Sabía que el espejo me protegería! –gritó Kinani preso de emoción, brincando de un lado al otro siempre en el interior de ese milagroso espacio en calma.

Pero poco después ocurrió algo inesperado que terminó con aquel momento de ilusión; al dirigirse hacia la ladera de una duna en su paseo alegre y victorioso, Kinani escuchó un gran estruendo procedente del interior de la misma montaña de arena. Aquel gemido ronco sonó aterrador bajo sus pies. Se acercó lentamente y trató de localizar el ruido echándose encima de la ladera, pegó su oreja a la arena y se concentró todo lo que pudo en la identificación de los sonidos. Al cabo de unos segundos consiguió escuchar algo así como un rugido seco que se aproximaba rápidamente hasta él. Cuando ya creía que se había acercado lo suficiente, tuvo miedo y trató de levantarse, pero no pudo. Ya era demasiado tarde. El suelo cedió bajo su cuerpo y Kinani cayó al fondo de una hendidura abierta en la misma arena, chillando y pidiendo auxilio mientras aquella fisura, blanda como la gelatina, lo engullía con gran rapidez hasta hacerlo desaparecer. Su pesadilla se había hecho realidad: la duna le había atrapado.

—¡Kinani! —le gritó Hassan con desesperación al comprobar cómo desaparecía bajo la arena, y dirigiéndose rápidamente hacia él sin perder un solo segundo.

Tamín, que hasta hacía unos instantes reía viendo a su hermano saltando y brincando en medio de la tormenta, salió como un rayo y llegó, seguido de Yalil, hasta el lugar de los hechos. Pero para entonces ya era demasiado tarde. No quedaba rastro alguno de Kinani. Tamín rompió a llorar desconsolado, mientras Yalil escarbaba en la arena vaciándola a puñados esperando un milagro.

—¡Está muerto! ¡El dios Ha lo ha matado! —lloraba Tamín sin consuelo encima de la ladera mientras el viento azotaba su cuerpo—. ¿Y ahora qué vamos a hacer? —sollozaba completamente abatido.

Hassan no sabía qué contestar. Se sentía profundamente apesadumbrado y su rostro se había quedado pálido mientras retenía la mirada clavada en la arena justo en el punto en el que vio por última vez al muchacho. A continuación se hizo un gran silencio y allí quedaron los tres, muy callados, rodeando lo que, al parecer, se había convertido en la tumba de Kinani, mientras el viento y la arena daban vueltas a su alrededor.

Y en ese momento, y como si no hubieran tenido suficiente ya con todo aquello, Ha decidió rematar su obra. Furioso y violento, lanzó contra ellos una terrible ráfaga de arena que recorrió las tres dunas en décimas de segundo, y empezó a descarnar sus laderas con una facilidad prodigiosa. La arena desaparecía por los aires transportada por el viento y reduciendo el tamaño de las dunas a un ritmo vertiginoso, hasta que por fin dejó un insólito espectáculo al descubierto. Ha les estaba mostrando sus trofeos: al pie de las laderas yacían los cuerpos, momificados por la propia acción del calor del desierto, de una pequeña expedición compuesta por varios soldados del Egipto faraónico, ataviados con escudos y protectores militares. Detrás de ellos se veía un palanquín de viaje, de los que transportaban a pie varios sirvientes, en cuyo interior yacían los esqueletos de varios hombres, posiblemente nobles o importantes funcionarios por el tipo de ropajes y pectorales que colgaban aún del cuello y caían encima de sus pechos descarnados y huesudos.

–¡Hassan! –exclamó entonces Tamín perplejo–. ¿Esos de allí no podrían pertenecer a los del grupo del convoy que escapó de la ciudad con el gobernador y los otros nobles? ¡Es horrible! –exclamó tapándose la cara para no ver nada más–. ¡No puedo creer que haya hecho lo mismo con Kinani!

De pronto, un nuevo estruendo recorrió la duna, justo debajo de ellos. La arena tembló bajo sus cuerpos, y casi sin que les diese tiempo a reaccionar, la ladera se abrió en dos al igual que si le hubieran propinado un profundo hachazo. Toda la arena se desplomó de golpe hacia su interior, arrastrándoles hasta lo más profundo de la tierra. La caída duró tan sólo unos segundos, tal vez seis o siete nada más, seguidos de un alarido generalizado, hasta que sus cuerpos fueron a parar a una estancia oscura en donde se golpearon de bruces contra una superficie muy dura. Allí quedaron amontonados unos encima de otros, quejumbrosos y algo magullados por el golpe. A continuación medió un gran silencio. Levantaron la vista y quedaron estupefactos. Delante de ellos una inmensa puerta adintelada había quedado al descubierto y un túnel oscuro y profundo se abría tras ella. Pero súbitamente los rostros de Hassan, Yalil y Tamín mudaron sus gestos expectantes por el de una gran sonrisa: ¡Kinani estaba allí, delante de ellos, sosteniendo el gran espejo con sus dos manos y dirigiéndolo hacia ellos! La alegría fue inmensa. ¡Ninguno esperaba encontrarlo vivo después de lo que acababan de ver!

–¡He descubierto una entrada secreta! –exclamó Kinani sano y salvo, ajeno a los terribles momentos que acababan de vivir los demás.

–¡Vaya susto que nos has dado! –exclamó Tamín con lágrimas aún en los ojos–. Pensábamos que la arena te habría matado.

–Sí, yo también lo creí al principio pero creo que lo que realmente ocurrió fue que el hueco de la puerta se tragó la arena que se acumulaba delante de ella, tal vez por efecto de mi propio peso y, claro, caí dentro. ¡Vamos! Bajad rápido. Aquí dentro todo está en calma.

–Un momento, Kinani –advirtió Hassan antes de iniciar nada–. Seamos prudentes: no sabemos qué es lo que podemos encontrar allí adelante. Necesitaremos las lámparas y todas nuestras cosas. Lo mejor será que recojamos el campamento antes de adentrarnos por esa galería. ¡Yalil! Desata a los camellos y dales de beber abundantemente: en caso de que no podamos regresar los animales podrán volver solos; conocen bien el camino hasta Qift.

Pero la tormenta no duró mucho más; una vez que Hassan, Yalil y Tamín se deslizaron nuevamente por la grieta abierta y llegaron al interior de la galería portando todos sus enseres, el viento cesó.

–¡Bien! Ya estamos todos dentro –dijo Hassan–. ¡Que Alá nos proteja! No sé adónde nos conducirá el túnel pero espero que no sea una de esas trampas para ladrones –añadió observando minuciosamente todo a su alrededor y presionando con cautela alguna que otra piedra–. ¡Tamín! Enciende la lámpara de petróleo; es imposible adentrarnos en medio de esta oscuridad.

Tamín prendió la mecha y la lámpara iluminó de golpe sus caras. A continuación, Hassan la cogió y comenzó a inspeccionar el túnel. Pero fue Yalil quien realizó el primer descubrimiento, y después de examinar atentamente cada pequeño detalle ayudado por el tacto de sus manos, sintió que sus dedos ya no se deslizaban por una superficie lisa y notó numerosas rugosidades. Se extrañó y de inmediato se dispuso a averiguar de qué se trataba.

–¡Rápido, Hassan! ¡Acércame la lámpara! –le ordenó.

Hassan acudió a su encuentro, elevó la luz, y al instante quedó al descubierto una larga hilera vertical de signos jeroglíficos grabados a la entrada de la puerta, a un lado y a otro de sus respectivas jambas.

–¿Puedes descifrarlo, Yalil? –preguntó Hassan.

–Sí, creo que sí –respondió con seguridad. Sacó de su mochila un cuaderno de notas muy viejo y se dispuso a traducirlos–. Veamos: «En vida de El Divino... y Todopoderoso Tuthmés I Aa... kheper ka Ra, la gloria de... su impe... rio..., ¡mmm, mmm!...–. Se detuvo unos segundos reflexionando antes de continuar. Luego prosiguió: –levantó esta... ciudad que..., que...

–... Que, ¿qué, Yalil? ¡Sigue, por Alá! ¡No te pares o nos dará a todos un infarto! –exclamó Kinani con ansiedad.

–... Que... dará poder al faraón... y le cubrirá de rique... zas» –concluyó Yalil.

–¿Eso es todo? –preguntó Tamín un tanto decepcionado–. ¿No dice nada de Hanefer, ni de la princesa? ¡Pues vaya! ¡Ahora resulta que nos hemos equivocado de sitio!

–No juzgues tan rápidamente, Tamín –corrigió Hassan–. Piensa un poco: la inscripción dice que estamos en una «ciudad», eso quiere decir que este túnel es una entrada que nos conducirá a ella. Y tampoco dice expresamente que no sea Hanefer ya que no habla de su nombre sino solamente de «una ciudad que dará riquezas al faraón» y el oro era la mayor riqueza de todas. ¡Yalil! Por favor, lee las inscripciones del otro lado –instó Hassan.

–Aquí dice: «El hijo y sucesor del divino Tuthmés I, Aa kheper ka Ra, el Todopoderoso Tuthmés II, Nefer khau... continuó manteniendo la gloria del Imperio». Pero el texto no termina aquí. ¡Qué curioso! ¡Escuchad! Es casi como un poema –y Yalil sonrió prosiguiendo a continuación la lectura–: «El desierto oculta en sus arenas olas doradas que resplandecen ante Ra, pero el mar le pertenece al Divino como todo lo que hay en la tierra de Egipto. El temible Ha es sólo un siervo del faraón, ¡Que oculte entonces su cólera más allá de las riquezas, regocijo del divino Tuthmés II!»

—¿Y todo eso qué quiere decir? —preguntó Kinani algo confuso.

—Vayamos por partes —explicó Yalil—. Al parecer la fundación de la ciudad tuvo lugar en época de Tuthmés I, y su hijo Tuthmés II, el padre de la princesa Neferure y esposo de la reina Hatsepsut, continuó las labores comenzadas por aquél. Sin embargo, el poema es una clara advertencia de que el oro, es decir las «olas doradas», que no son sino las vetas auríferas que se ven en las montañas, le pertenece al faraón y a nadie más, y hace hincapié en que el dios del desierto, el «temible Ha», deje de interferir en la extracción del mineral.

—Ya empiezo a entender entonces por qué hemos tenido esta clase de recibimiento desde que llegamos al mar de dunas —manifestó Hassan—. Ello quiere decir que si no hemos encontrado Hanefer mucho me temo que se le debe parecer bastante. Ese dios Ha no quiere que entremos en sus dominios. ¿No hay más inscripciones? —preguntó escudriñando escrupulosamente las paredes.

Yalil cogió la lámpara a Tamín y la paseó lentamente de arriba abajo y de izquierda a derecha de las paredes, techo y suelo bajo la atenta mirada de Hassan. Había que cerciorarse de que no se les estaba escapando ni un solo detalle. De ahora en adelante cualquier cosa podía ser importante.

—No..., no veo más por el momento —contestó—. De todas formas tal vez no estemos en la entrada principal; al fin y al cabo es una galería de grandes dimensiones, pero no una puerta triunfal y por eso no figura el nombre de la ciudad, sino sólo unas cuantas inscripciones que recuerdan a los faraones regentes.

–¿Has tomado todas tus notas, Yalil? –preguntó Hassan.

–Sí. Podemos seguir –respondió él reordenando los datos en su cuaderno y guardándolo de nuevo en la mochila.

# 9
# El laberinto

Al cabo de un buen rato y después de haber avanzado unos trescientos metros, la gran galería quedó bruscamente interrumpida: toneladas de arena la taponaban sin posibilidad de continuar. Afortunadamente a ambos lados de las paredes se abrían otras galerías más pequeñas y estrechas. Sin embargo su aspecto era mucho más inquietante que el del túnel de entrada, produciendo una cierta sensación de agobio. La de la derecha descendía y la de la izquierda era un túnel con escaleras de subida, recto hasta donde la luz alcanzaba a iluminarlo. Kinani observó a un lado y a otro y entonces la duda le embargó.

–¿Y ahora qué hacemos? –preguntó mirando a ambos lados y sin decidirse por ninguno de los dos corredores.

–¿Derecha o izquierda? –preguntó Hassan.

La decisión no parecía sencilla. Ninguno de ellos sabía si esas galerías podrían ser cepos o trampas para buscadores de oro y ladrones de tumbas. Entonces Kinani pensó en otra posibilidad.

–¿Por qué no se lo preguntamos al espejo? –les propuso.

Pero la proposición no pudo ser más inadecuada a oídos de Yalil, aún convaleciente de su ceguera, y su protesta no se hizo esperar.

–¿Es que no has tenido suficientes sorpresas ya? –le replicó furioso.

En ese momento, Kinani se quedó tan sorprendido ante su agresiva respuesta que apenas si tuvo tiempo de reaccionar. Tan sólo se le quedó mirando fijamente e intentó contener su arrebato de indignación. Sabía que Yalil seguía molesto con él por culpa del incidente del espejo.

–¡Yalil! –le reprendió Hassan–. No es necesario que pierdas los estribos con el chico. Su idea no es tan descabellada.

–¡Así que tú también estás de acuerdo! –protestó Yalil–. No os dais cuenta de que ese maldito espejo ya no sabe uno de qué parte está: lo mismo te deja ciego como te entierra bajo la arena. Yo propongo que tomemos el túnel de la derecha –instó haciendo oídos sordos a la sugerencia de Kinani.

Pero Kinani seguía firmemente convencido del poder benéfico del espejo e hizo caso omiso de la negativa. Sujetó con fuerza el disco de cobre por su mango y cerró los ojos apretando bien los párpados. Luego concentró todas sus energías en él, hasta que su rostro comenzó a cubrirse de sudor. Al cabo de un rato y tras repetidos esfuerzos, el espejo comenzó a emitir un resplandor cobrizo. De inmediato Kinani percibió una fuerza interna como nunca antes la había sentido, y sin que pudiera hacer nada por impedirlo, se dejó llevar por ella hasta que el espejo consiguió que sus manos y la luz que desprendía el disco hicieran girar sus brazos hacia la galería de la izquierda. A continuación el resplandor se fue debilitando hasta que el espejo recobró su brillo acostumbrado. Kinani fue relajando poco a poco los brazos algo entumecidos por la tensión y el esfuerzo, y una vez que el espejo se enfrió, resopló con fuerza y exhaló una gran bocanada de aire.

Tras lo ocurrido, Yalil enmudeció sintiéndose algo incómodo. Estaba claro que Kinani tenía una misteriosa comunicación con aquel objeto de la que los demás carecían, pero especialmente él más que ninguno. No obstante, ni Hassan ni Tamín se sintieron molestos por ello, y no pudieron evitar que sus ojos brillaran de alegría al comprobar cómo el espejo les había señalado el camino que debían escoger.

Así, Hassan giró a la izquierda y se dispuso a iniciar la subida de la galería. Enarboló la lámpara a la altura de su rostro y traspasó el umbral de la puerta. No obstante, antes de que llegase a cruzarla, Yalil, que caminaba detrás de él, observó unas pequeñas marcas en el dintel de entrada que le pusieron sobre aviso.

–¡Espera Hassan! –advirtió Yalil–. Acerca la lámpara hasta allí.

–¿Qué ocurre? –preguntó él.

–Hay más signos grabados –le comunicó–. Veamos: se trata de una numeración sencilla. Sí, aquí dice «Del 1 al 50».

Y supongo que en el otro dintel tiene que haber más –les dijo. Entonces se dirigió hasta la entrada de la otra galería, elevó la luz, y luego exclamó satisfecho: –¡Estaba en lo cierto! Aquí se indica: «Del 50 al 100».

–¿Y eso qué significa? –preguntó Kinani.

–Creo que corresponden al número de las galerías a las que se accede a través de estas dos puertas. Es decir, que por este túnel se llegaría a las cincuenta primeras.

–Tal vez haya que entenderlo así –asintió Hassan–. Eso significa que puede haber muchas más. Estas dos dan acceso a cien en total. Sin embargo, puede que existan cientos de galerías más además de éstas. Debemos estar muy atentos pues de lo contrario la montaña podría convertirse en un laberinto mortal. ¡Yalil! Comienza a dibujar en un plano las galerías, sus números y la dirección de cada una de ellas –propuso rápidamente–. De ser cierta mi sospecha puede resultar muy peligroso que avancemos a ciegas.

Entonces Yalil sacó de nuevo su cuaderno y levantó un croquis de todo cuanto habían descubierto hasta ahora. Una vez que hubo terminado con todo ello prosiguieron la marcha en silencio.

Hassan caminaba con precaución manteniendo la lámpara bien alta frente a él. La escalera de subida era estrecha y de peldaños desgastados y rehundidos en su centro. El techo también era más bajo, y como no cabía más de una persona por peldaño, no tuvieron más remedio que subir en hilera de a uno.

–50, 51, 52, 53, 54 y 55 –terminó de contar Hassan en voz alta– ¡Apunta, Yalil! Hemos subido cincuenta y cinco escalones, dejando el túnel n.º 2 y 3 a derecha e izquierda respectivamente.

Hassan se apartó el sudor de los ojos, tomó aliento y se detuvo al llegar a un amplio rellano en donde se abrían tres galerías más. Cuando Yalil llegó, aprovechó para leer los números de las siguientes galerías en los dinteles de las puertas de acceso.

–4 a la izquierda, 5 la de enfrente y 6 la de la derecha. ¿Por cuál nos decidimos? –preguntó él.

–Siempre hacia el Este –aconsejó Hassan–, es decir, iremos por la número 6.

Esta vez Yalil no protestó y continuaron por la galería oriental adentrándose unos treinta metros hacia el fondo, hasta que de pronto el túnel experimentó un brusco quiebro en ángulo recto hacia la izquierda, y quedó cortado, a pesar de que el corredor parecía continuar detrás de otra puerta de acceso, cuyo número, por otra parte, había sido borrado a golpe de piqueta. Hassan dudó si alterar o no su rumbo hacia la izquierda.

–No sé..., no sé –receló sin razón aparente, asomándose a la nueva galería sin número–. No me gustaría que comenzásemos a zigzaguear. Eso puede hacernos perder tiempo innecesariamente. Tenemos que buscar la manera más rápida de cruzar la montaña, no de perdernos en sus túneles.

Kinani se olvidó por unos instantes de los demás y optó por avanzar en solitario un par de metros al otro lado de la puerta. Algo le había llamado la atención, algo que relucía en la pared con mucha fuerza a la luz de la lámpara de Hassan. Se agachó y rascó entre las vetas de piedras hasta identificar con exactitud la procedencia del destello de luz. Pero su sorpresa fue mayúscula cuando comprobó que sus sospechas eran ciertas. Una inmensa alegría le recorrió de pies a cabeza, y sin poderla contener por más tiempo exclamó a gritos:

—¡Es oro! ¡Hassan, es oro! ¡Mira!

—¿Pero qué dices, Kinani? —respondió Hassan girándose bruscamente—. ¡Déjame ver!

Hassan acudió de inmediato y miró entre las duras vetas onduladas, comprobando con idéntica cara de asombro que el hallazgo de Kinani era cierto. Yalil aún se encontraba a mitad de galería marcando la situación y orientación del túnel número 6, pero Tamín acudió como un rayo en cuanto escuchó los gritos de su hermano anunciando el fantástico descubrimiento.

—¿Es oro? ¿Es oro de verdad? —preguntaba insistentemente Tamín—. ¿Nos vamos a hacer ricos?

—Sí. Es oro. Es oro ¡y del bueno! —contestó Hassan extrayendo una minúscula cantidad y examinándola más de cerca a la luz de la lámpara—. ¿Tú qué opinas, Yalil?

—No cabe duda de que hemos encontrado una mina de oro —dijo con satisfacción recogiendo la muestra de manos de Hassan—. Sin embargo, esta galería parece abandonada; no hay rastro de actividad minera por ninguna parte, ni herramientas, ni lámparas de aceite—. Receloso, recorrió las paredes a la luz de la lámpara en busca de alguna justificación. —¡Tamín! —ordenó súbitamente—. Saca de la mochila de Hassan otra de las lámparas: voy a revisar los jeroglíficos piqueteados del dintel. ¡Es extraño! —insistió—.

Si todavía hay oro aquí, ¿por qué borrarían el número de acceso al corredor? No tiene mucho sentido.

Entonces Yalil abandonó la galería y revisó con detenimiento la puerta de acceso. En efecto, el número había sido martilleado pero había otra inscripción a su lado pintada en negro, casi como un garabato mal hecho. Minutos más tarde, Yalil realizaba un nuevo descubrimiento.

–¡Rápido! ¡Salid de ahí! –gritó con voz autoritaria sin dar más explicaciones.

–¿Qué ocurre? –preguntó Tamín un tanto sorprendido ante su repentino nerviosismo.

–¡Salid de ahí! ¡El túnel puede hundirse en cualquier momento! –exclamó Yalil.

Instantes después, el temor de Yalil se confirmó. Un rugido envolvió la galería y en medio de una gran confusión, comenzaron a desprenderse del techo inmensos bloques de piedra. Hassan se levantó como un rayo, agarró a los dos chicos y escaparon del túnel lo más rápido que pudieron. Y justo en el momento de traspasar el umbral de la puerta, el techo se desplomó a sus espaldas arrastrando toneladas de rocas que dejaron la galería completamente sepultada. Entre una nube de polvo asfixiante se alejaron de allí en dirección al único túnel que se abría a su izquierda.

–¿Por qué supiste que la galería iba a hundirse? –preguntó Hassan con el corazón aún en un puño.

–Había una inscripción pintada en una de las jambas de la puerta que advertía del peligro de hundimiento. Por eso le habían borrado el número –explicó Yalil.

–Pero ¿cómo es posible que se derrumbara, así, de golpe? –preguntó Tamín sacudiéndose el polvo de la cabeza.

–Tal vez los gritos de Kinani reverberaron en el interior y provocaron el desprendimiento del techo. Suele ser frecuente en las cuevas y en las viejas galerías de las minas –explicó Yalil.

Pasado el susto decidieron reanudar la marcha. Se encontraban todavía a mitad de camino de la galería n.º 6, así es que no tenían más remedio que continuar hasta alcanzar el final de la misma. Treinta metros más adelante llegaron a otro cruce de túneles y allí se detuvieron nuevamente.

–Veamos –dijo Yalil–. Esta puerta da acceso a cuatro galerías más: de la 7 a la 10. Sin embargo solamente hay tres puertas. La 7 queda a la izquierda, la 9 justo enfrente y la 10 es esta de la derecha que parece subir a otro nivel. No veo la n.º 8.

–Hacia el Este –dijo Hassan–. Siempre hacia el Este.

–Eso quiere decir que tenemos que subir por la n.º 10–. Y Yalil cogió la lámpara y, cruzando el umbral de la puerta, echó un vistazo al corredor. –Parece que no hay nada anormal. Los escalones están igual de desgastados aunque no se ve el final del túnel. Veamos lo que nos depara la suerte. ¡Adelante!

Yalil fue el primero en subir. Los chicos le siguieron y Hassan cerró el grupo.

–48, 49 y 50. Esta tiene cincuenta escalones –expuso Yalil cuando llegó al final–. ¡Vaya! Volvemos a encontrarnos con otro cruce de galerías, pero esta vez parece complicarse mucho más –añadió un tanto abrumado.

Yalil se quedó parado en medio del rellano circular, del que arrancaban en forma de estrella seis puertas más, que a su vez daban acceso a otra infinidad de galerías. Hassan, Kinani y Tamín examinaron cada una de las entradas, mientras Yalil iba descifrando la numeración jeroglífica de las puertas.

–¡Buff! –resopló Yalil un tanto agobiado–. De seguir así, no saldremos nunca: desde aquí se extienden cuarenta galerías más. ¡Estamos perdidos!

–¿De qué forma se distribuyen? –preguntó Hassan manteniendo siempre la serenidad.

–De las seis puertas, la primera de la izquierda conduce de la galería 11 a la 20; la siguiente de la 21 a la ¿30? ¡Sí, exacto! –afirmó verificando los jeroglíficos–. Luego de la 31 a la 35. Sin embargo la que tenemos justo enfrente de nosotros no tiene ninguna numeración, pero las dos de la derecha se distribuyen de la 36 a la 40 y de la 41 a la 50. Es decir, que éste es el último cruce de corredores que desde la entrada principal indicaba el acceso de los túneles 1 al 50.

–Revisemos una a una las seis puertas –dijo entonces Hassan sosteniendo la lámpara y asomándose a cada uno de los túneles–. ¡Veamos! De la 11 a la 20. De la 21 a la 30, si no me equivoco –y se adentró un par de metros en la galería contigua–; y ésta, de la 31 a la 35 –comentó sin demasiado entusiasmo–. La siguiente es la que no cuenta con número alguno–. Subiendo unos cuantos escalones, igual de sucios y polvorientos que todos los demás, alzó la lámpara iluminando hacia arriba. –No sé, no sé, pero tengo la intuición de que...

–¡Cuidado Hassan! ¡Agáchate! –gritó Tamín de repente.

Tamín vio cómo de pronto algo se abalanzaba sobre ellos. Unos gritos agudos y chirriantes rasgaron el silencio y descendieron por la galería haciendo un ruido ensordecedor que penetró hasta el fondo de la mina.

–¡Son murciélagos! –exclamó Hassan con entusiasmo–. ¡Es lo mejor que nos podía suceder!

–Pero ¿qué tiene de maravilloso el que nos hayamos encontrado un montón de esos bichos asquerosos? –preguntó Kinani un tanto sorprendido.

–Kinani, si hay murciélagos eso significa que han tenido que entrar por algún sitio y, por lo tanto, forzosamente tiene que haber una salida no muy lejos de aquí.

–¡Hassan! ¡Mira! –exclamó entonces Tamín mirando hacia lo alto de la escalera–. ¡Allí arriba hay LUZ!

Efectivamente, en lo alto de la escalera un chorro de luz blanca y resplandeciente guiaba los últimos peldaños hasta el final del corredor.

–¿Pero qué hacemos aquí parados? ¡Subamos a buscar la salida! –exclamó Hassan con júbilo a los demás.

Kinani fue el primero en reaccionar. Se adelantó y subió corriendo las escaleras de dos en dos hasta alcanzar la luz. Cuando llegó al final de la galería, encontró una pequeña cámara iluminada y una puerta tapiada. Un rayo penetraba en diagonal en la estancia a través de un pequeño tragaluz. Debajo de él se encontraba la puerta. Le resultó prácticamente imposible asomarse al tragaluz ya que la puerta debía medir más de dos metros y medio de alto. Poco después llegaron los demás.

–¡Por fin! ¡Demos gracias a Alá el Misericordioso! –exclamó Hassan dejándose calentar por la luz–. ¡Hemos encontrado la salida!

–Sí, eso parece –convino Yalil, dejando escapar un profundo suspiro de alivio–. La cámara parece que daba acceso desde la montaña hasta estas galerías, pero está tapiada y bien tapiada –añadió presionando fuertemente los sillares hacia fuera–. Quién sabe si ésta no sería una de las primeras galerías que se abrieron en el momento de la fundación de la ciudad. Pero estoy convencido de que tienen que existir muchas más galerías en otros puntos de la montaña.

–Con ello das por sentado que hemos descubierto Hanefer y no tenemos pruebas claras de ello –opinó Hassan–. La ciudad está encerrada entre montañas y hasta ahora hemos encontrado unas minas de oro fuertemente custodiadas por la protección de las arenas del desierto. La única forma de averiguar si hemos hallado Hanefer o no, la encontraremos al otro lado de esta puerta.

–Entonces, ¿por qué no salimos de aquí de una vez por todas? –protestó Kinani, harto de tanta teoría.

–Tienes razón –dijo Tamín–. ¡Yalil! Ayúdame a encaramarme encima de la puerta. Quiero ver qué hay detrás.

Sin más demora Yalil subió a hombros a Tamín y lo aupó holgadamente hasta que alcanzó a ver más allá del dintel de la puerta y pudo asomarse sin esfuerzo desde el tragaluz hacia al exterior. El sol iluminó de golpe su rostro y eclipsó parte del chorro de luz que iluminaba el interior de la estancia.

Pero de pronto Tamín pareció desplomarse encima de los hombros de Yalil. Luego emitió un profundo y enigmático suspiro.

–¿Qué ocurre, Tamín? ¿Qué pasa? ¿Qué es lo que has visto? ¿No se ve la ciudad en ruinas? –le interrogó Kinani disparando preguntas como una ametralladora.

–Sólo hay... ARENA –contestó él.

–¿ARENA? –preguntó Hassan perplejo–. ¡No es posible! ¡Fíjate bien! Puede que veas restos de muros o de otras construcciones o de...

–Sólo hay ARENA –repitió tajante Tamín–. Ahí fuera no hay nada más que un mar de arena rodeada de montañas.

La ciudad esperada no estaba al otro lado.

# 10
## La cólera del dios

Los picos afilados y las aristas limadas por el viento y la arena conformaban un paisaje casi lunar, que pusieron los pelos de punta a Kinani nada más asomarse al tragaluz y comprobar por sí mismo la decepción de su hermano.

En el interior del valle, un mar de arena tersa y lisa cubría la hondonada encajada y vacía. Desde lo alto de la ladera, Hassan, Yalil y los chicos observaron con desilusión el valle con el que tanto habían soñado, completamente yermo. Allá abajo no había nada. Si alguna vez hubo una ciudad llamada Hanefer, éste no debió de ser su emplazamiento, pues de lo contrario algo habría quedado en pie.

—Mi amigo egipcio describió la ciudad así: encerrada entre montañas inaccesibles —dijo Kinani, observando a su alrededor con profundo desencanto el paisaje estéril, e imaginándose su esperada ciudad cubriendo aquel valle—. Y sin embargo, ¡ahí no hay nada!

–Sí, Kinani –intervino Hassan– pero esta zona está llena de montañas que encierran valles muy parecidos. Bakrí bien pudo haber estado en otro sitio similar o cercano a éste.

–Tal vez deberíamos bajar y examinarlo con más calma –propuso Yalil–. Desde aquí es difícil concluir que en verdad no haya nada. Además, está a punto de anochecer y habrá que ir pensando que tendremos que pasar la noche en algún sitio. Tal vez podamos instalar la tienda allá abajo, porque me imagino que a ninguno de vosotros os apetece dormir aquí dentro.

–¡Por supuesto que no! –exclamó Tamín–. Creo que ya hemos tenido suficiente.

–En ese caso, podemos ir bajando.

Sin embargo, antes de que el sol se ocultase, Yalil realizó una minuciosa prospección arqueológica recorriendo el mar de arena de una punta a la otra. Pero no encontró ni una sola pista que pudiera serle útil. Decepcionado, volvió al campamento instalado al pie de la ladera, una vez que ya sólo la luz de la luna iluminaba la noche.

–¿Qué has encontrado? –preguntó Hassan.

–¡Nada! –exclamó abatido–. Absolutamente nada. Este valle es estéril como un desierto. Temo que nos hayamos equivocado de sitio –concluyó con desánimo.

–¡Pero eso es prácticamente imposible! ¿Y las tormentas de arena? ¿Y el rayo del espejo?...

–... ¿Y la abertura de la duna la noche anterior? ¿Y la inscripción de la entrada?... –continuó Kinani interrumpiendo a su hermano.

–¡Basta! –gritó Yalil abrumado–. Yo no tengo respuesta para todo. Lo único que os digo es que la ciudad no está en este valle. Bakrí tuvo que hallar las piezas en otras montañas, tal vez cercanas a esta zona. Pero ahí fuera, os repito una vez más, no hay resto alguno de la ciudad. No nos queda más remedio que aceptar nuestro fracaso –concluyó Yalil–. Mañana intentaremos cruzar las montañas y dirigirnos hacia el Este. Quizá encontremos todavía a Mumarak en el valle del Hammammat y nos acerque de nuevo a Qift. ¡Para colmo de males nos hemos quedado sin camellos! ¡Maldita sea! Espero que por lo menos hayan sabido encontrar el camino de vuelta.

Kinani y Tamín quedaron muy apesadumbrados por la decisión de Yalil, pero estaba claro que tenía razón. Por primera vez la tenía. Hanefer no estaba allí. Se resistían a aceptarlo y pensaban en todo el esfuerzo que habían realizado hasta entonces para nada.

Y, recordando cada hora transcurrida desde que vieron por primera vez en la tienda de antigüedades de Hassan las imágenes en el espejo, Kinani fue entornando sus ojos, iluminados a la luz de la lámpara, hasta que por fin el cansancio le venció y cayó en un profundo sueño.

La pipa humeante de Hassan apuraba el último tabaco aún encendido. Efectivamente no les quedaba otra salida más que aquella que les llevase de regreso a El Cairo.

Todos dormían desde hacía horas y la pipa de Hassan hacía tiempo que se había enfriado en la palma de su mano relajada por el sueño. No obstante, entre el silbido de las respiraciones profundas se escuchaba un susurro de sonidos incomprensibles cercanos a Kinani. A su lado estaba depositado el espejo egipcio, junto al resto de sus ropas, y un extraño resplandor rojizo iluminaba ahora la tela revuelta del turbante blanco que descansaba medio enrollado sobre el disco de cobre. Kinani comenzó a agitarse bajo su manta rayada. Su respiración se aceleraba cada vez más, alterando su profundo sueño, hasta que el murmullo de voces lo despertó. Abrió los ojos y comprobó con extrañeza que a su alrededor todos dormían. Fue entonces cuando vió cómo el resplandor parpadeaba lentamente debajo de su turbante. Sin perder un sólo instante se aproximó a él y liberó al espejo de entre el largo rollo de tela que lo envolvía: el disco de cobre estaba tratando de comunicarse con él, y sobre su superficie se veían con toda claridad a numerosos personajes discutiendo en torno a la princesa Neferure.

El corazón de Kinani se aceleró y, tomando el espejo entre sus manos, despertó bruscamente a los demás.

–¡Rápido! ¡Despertaos! –gritó con gran excitación– ¡El espejo está hablando! ¿Pero es que no me habéis oído? –volvió a insistir–. ¡El espejo está tratando de decirnos algo!

Tamín terminó por incorporarse y al ver el disco tan brillante en manos de Kinani, se acercó rápidamente y se quedó clavado delante de las imágenes. Hassan despertó de nuevo a Yalil, quien finalmente comprendió que algo estaba sucediendo.

Kinani ahora sólo estaba pendiente de lo que ocurría al otro lado del espejo. Ya no tenía ojos ni oídos más que para concentrarse, y escuchaba la conversación que la princesa Neferure mantenía con dos de sus nobles.

La joven princesa se encontraba en una suntuosa estancia bellamente decorada. Todas las paredes estaban rodeadas de magníficas pinturas que representaban escenas de caza de patos por el Nilo. Dos doncellas yacían a los pies de la princesa quien, sentada en un gran trono de oro, madera y piedras preciosas, discutía acaloradamente con dos hombres.

–¡Os digo que hay que detenerlos! Si han salido al amanecer, llegarán en menos de dos días a Tebas –argumentaba la princesa con intranquilidad.

–¡No os preocupéis! –contestó el noble Seosfrú–. Nuestra guardia ya los habrá detenido. Aunque tal vez se vean obligados a regresar. Mientras me dirigía hacia aquí he oído comentar que se han desatado terribles tormentas de arena al otro lado de la montaña.

–De cualquier forma, corremos un grave peligro. El gobernador ha averiguado que se trama una revuelta en la ciudad y sabe quién la encabeza. Sí. Lo sabe. Ayer lo leí en sus ojos esquivos mientras manteníamos un despacho de trabajo. Eso quiere decir que pronto nos descubrirán. Vosotros podríais perder vuestras vidas, y para mí sería el fin; mi padre me apartaría de cualquier asunto de Estado y todo el esfuerzo de mi madre por hacer recaer el trono sobre mi cabeza se vería frustrado. ¡Tenemos que actuar con rapidez! Y tú, Konser. No has dicho ni palabra –dijo la princesa dirigiendo su mirada a los ojos profundos y negros de su segundo aliado.

–Mi princesa –contestó él con voz serena–, tenéis razón cuando decís que hay que actuar rápidamente, pero estoy intentando pensar qué paso es el más adecuado dar para salvar la revuelta. Si nos deshacemos del gobernador y de los funcionarios que lo apoyan, incurriríamos en un asesinato y se nos juzgaría, es decir que sobre nuestras cabezas recaería una pena de muerte segura. Pero si nos descubren, tendrían que demostrar que nuestro plan es cierto, y eso sería su palabra contra la nuestra.

–El faraón confía en el gobernador –dijo ella–. En el fondo, si me concedió la dirección de esta mina siempre fue bajo la tutela velada de su hombre de confianza. Escuchará su palabra, no la mía.

De pronto, entraron más personajes en la estancia y el diálogo se reanudó;

–¡Mi princesa! –dijo el gran sacerdote entrando de golpe–. Siento interrumpiros de este modo pero hay algo que tenéis que saber urgentemente.

–¿De qué se trata? –preguntó ella concediendo la audiencia y prescindiendo de los acostumbrados protocolos.

–El dios Ha está terriblemente furioso –le comunicó–. Los esclavos han abandonado las minas y corren despavoridos por las galerías huyendo de su cólera. Me temo que los augurios van a cumplirse y que su furia causará la destrucción de Hanefer. Todavía no se ha levantado el templo que se le prometió y seguimos extrayendo sus riquezas sin nada que ofrecerle a cambio, sin que tan siquiera tenga un altar en donde realizar sacrificios por los dones que nos proporciona.

–Es cierto –respondió la princesa–. Mi padre no ha cumplido su promesa. ¡Pero tu misión es apaciguar su ira, no lamentarte por ella! –le replicó entonces con profunda indignación.

De inmediato la riña de la princesa quedó interrumpida. Un estruendo retumbó por todos lados y las paredes temblaron como si fueran de lino. Sobre la escena de caza pintada se abrió una inmensa grieta de arriba abajo que la partió en dos. Todos quedaron paralizados conteniendo la respiración, sin que nadie gritara siquiera o perdiera la calma.

–¿Qué ha sido eso? –preguntó la princesa asustada, sujetándose con fuerza al trono.

–Es Ha, mi princesa –respondió el sacerdote–. Nunca le había visto tan furioso. ¡Debéis dar orden inmediatamente de detener la extracción de oro bajo la ciudad! Está lanzando a sus sicarios de las arenas contra nosotros.

–¡No es posible! –exclamó perpleja–. Ya le ofrecimos varios bueyes en la ceremonia anterior a cambio de ese oro. ¡Debería de estar más que satisfecho con ello! Cada vez nos exige más sacrificios y siempre termina arrojándonos más y más tormentas de arena. Además, sabes bien que no puedo dar esa orden sin el consentimiento de mi padre, y también sabes mejor que yo que soy la primera interesada en paralizar esos trabajos. ¡Vamos! Salgamos a comprobar qué es lo que está ocurriendo.

Allí pudieron comprobar cómo el sacerdote estaba en lo cierto. La princesa se estremeció. Sobre las crestas de las montañas, Ha arrojaba toneladas de arena en forma de enormes monstruos que se desplomaban pesadamente sobre la ciudad. Se oían gritos y chillidos por doquier. La gente corría despavorida refugiándose en las minas.

De pronto, un torbellino en forma de león manteniendo las fauces muy abiertas y mostrando sus afilados dientes descargó toda su furia sobre el templo de Amón. El techo se hundió de inmediato bajo un tremendo estrépito.

Kinani sudaba sin parar sujetando con fuerza el espejo y traducía con rapidez todo cuanto escuchaba, mientras los demás no perdían un sólo segundo de todo lo que transcurría en aquella fabulosa pantalla del tiempo. Casi sin darse cuenta, la luz del alba les había sorprendido en plena madrugada y asomaba ya por el perfil dentado de las montañas. Tan increíbles y fascinantes resultaban las escenas que estaban viendo que creyeron sentir el mismo golpear de las arenas sobre sus cabezas batiendo el valle con la misma violencia. En ese momento, toda la atención se centraba sobre el templo destruido y la desesperación de su sacerdote.

–¡Por todos los dioses! ¿Cómo es posible frenar la cólera de Ha? –gritaba horrorizado.

Entonces, el sacerdote salió corriendo e intentó hacer algo por contener la ira del dios, pero un gran remolino en forma de garra salió a su encuentro y lo envolvió. Acto seguido lo sepultó bajo las arenas.

La confusión y el caos se habían apoderado de la ciudad. La princesa Neferure y todo el séquito allí presente se habían quedado mudos ante tan dramática destrucción. El fin de Hanefer estaba cerca.

—¡Hay que rescatar a los muchachos! —exclamó la princesa—. ¡Rápido, Senesrú! Corre al barrio de los esclavos y ve a buscarlos. Yo te estaré esperando a la entrada de palacio. ¡Konser, Seosfrú! Recoged a todos los que podáis y dirigíos al lago.

—¿Pero qué adelantaremos yendo allí? —replicó Konser—. Si la ciudad está siendo sepultada bajo las arenas, no podemos permanecer en la gruta subterránea. Eso sólo retrasaría nuestra agonía. ¡Tenemos que hallar la forma de salir de Hanefer!

—Yo sé cómo hacerlo —resolvió la princesa de golpe—. Conozco una galería que conduce directamente desde el lago hasta el cauce del río seco, al otro lado del valle.

Sin embargo, todos estaban tan ensimismados ante las escenas y conversaciones que les estaban siendo reveladas, que ninguno de ellos advirtió que fuera se había desatado una nueva tormenta de arena terrible. De pronto, una ráfaga de viento penetró con violencia en la tienda, revolviendo las mantas y desordenando todo lo que encontró a su paso. De inmediato el espejo se apagó. Kinani lo soltó y se echó las manos a la cara tapándose los ojos, mientras Tamín introducía rápidamente la cabeza debajo de su manta. Era imposible ver nada con aquella nube furibunda dando vueltas por todos lados. Hassan y Yalil se dirigieron rápidamente hacia la puerta hasta que consiguieron hacerse con la gruesa piel de camello que se agitaba descontroladamente entre el caos.

Pero mientras luchaban contra el viento, Hassan volvió la vista hacia fuera y a duras penas pudo ver cómo la tormenta arrancaba toneladas de arena al valle y luego las hacía girar en espesos torbellinos, elevándolos hacia las montañas y haciéndolos desaparecer detrás de ellas, exactamente igual que lo había visto hacer en el espejo de cobre.

–¿Has visto lo mismo que yo? –preguntó a Yalil, antes de atar las últimas correas.

–Parece que intenta vaciar el valle. Pero tampoco me atrevería a jurarlo.

–Mucho me temo que Ha nos está preparando una sorpresa –concluyó Hassan.

Yalil calló. Hassan estaba dando a entender algo mucho más importante, pero ninguno de los dos se atrevía a reconocerlo. Les daba miedo confesar que el colérico dios les estuviera reservando un final semejante al visto en el espejo, y sin embargo parecía evidente que así ocurriría.

Hassan ató las últimas correas y luego se desplomó completamente agotado.

–Sospechas lo mismo que yo, ¿no es así? –dijo Yalil finalmente a Hassan– Crees que Hanefer está debajo de las arenas.

Hassan frunció el ceño y sin decir palabra empezó a rellenar el pequeño depósito de combustible de la lámpara. Pero Yalil persistió en sus preguntas.

–Tú también lo has visto, ¡reconócelo! –insistió así forzándole a contestar–. Esos torbellinos chupando el desierto como inmensos aspiradores son obra de Ha, y se siente incómodo ante nuestra presencia porque cree que estamos violando sus territorios; por eso nos ha preparado todas esas trampas desde que nos internamos en las dunas –continuó–. Estoy convencido de que no piensa dejarnos salir de aquí. No tiene intención de que nadie le robe ya más de lo que le han robado desde que comenzaron a extraerle su oro, y menos el secreto de dónde se encuentra su ciudad.

–Yo no lo habría resumido mejor –respondió Hassan circunspecto.

Kinani, que escuchaba atentamente a Yalil, palideció de pronto.

–¿Eso quiere decir que vamos a morir aquí?

–¡Basta ya! –exclamó Hassan zanjando la discusión–. Nadie va a morir. Hemos venido a buscar la ciudad de Hanefer y creo que la hemos hallado –les dijo–. Si os dais cuenta, cada vez que el desierto nos ataca con más dureza quiere decir que estamos más cerca de encontrarla. Primero fue el rayo que lanzó a Yalil, luego sus tormentas de arena delante de las dunas y su serio aviso al mostrarnos a todos esos infelices atrapados en las arenas. Tampoco creo que el derrumbe de la galería fuera debido a los gritos de Kinani, ni mucho menos un hecho fortuito; si recordáis, en ese momento le estábamos arrancando su oro de las paredes y posiblemente fue eso lo que lo motivó. Cuando conseguimos atravesar el laberinto de la mina nos aguardaba un valle vacío y lleno de «arena», es decir, su arma favorita a la hora de acabar con sus víctimas. Ahora el espejo nos ha revelado el trágico final de Hanefer y seguro que nos está preparando alguna sorpresa que posiblemente no tardará en mostrarnos...

–¡Escuchad! –exclamó Kinani interrumpiéndole bruscamente.

–¿El qué? –preguntó Tamín, mientras Hassan y Yalil agudizaban a su vez el oído.

–¡La tormenta! ¡La tormenta ha cesado! –exclamó Yalil.

Sin perder un solo instante se dirigieron hacia la puerta y comenzaron a desatar las correas. Algo les decía que allí fuera les aguardaba una sorpresa. Nerviosos, todos tiraron al mismo tiempo de los correajes, hasta que finalmente la puerta cedió y detrás de ella los cuatro cayeron de bruces al suelo. Luego miraron al frente y fue entonces cuando pudieron comprobar atónitos un hecho absolutamente insólito: el mar de arena había desaparecido.

## 11
## La ciudad del desierto

—¿Alguien puede explicarme qué ha ocurrido aquí? —preguntó Kinani perplejo, levantando la vista y observando el valle completamente irreconocible.

¡Por fin ante ellos se extendía la CIUDAD DE HANEFER!

La arena, que horas antes cubría el valle, había desaparecido. No quedaba ni rastro de ella. ¡Hanefer existía, era real y no el fruto de un espejo mágico que narraba capítulos deslavazados de su historia! Las ruinas de la ciudad yacían desiertas a los pies del pequeño campamento. Allá abajo se extendía el gran palacio de la princesa, justo a la derecha, y al fondo se divisaba con claridad el templo de Amón, mostrando el techo hundido, sin que su imagen se alejase un ápice de la que habían visto en el espejo.

El barrio de los esclavos se extendía a la izquierda, y en el centro de la ciudad se levantaba una magnífica estatua tallada en granito negro, la del faraón fundador de la ciudad, en actitud de disponerse a caminar en cualquier momento. Un mar de calles anchas y espaciosas desembocaban en una gran plaza rectangular enlosada con grandes piedras, y más allá, detrás de las columnas del templo, todavía se conservaban los graneros de trigo y los depósitos de agua.

Yalil se alzó y descendió la ladera hasta alcanzar las ruinas de la ciudad. Necesitaba inspeccionarla más de cerca. Ha había realizado una perfecta excavación arqueológica en tan sólo unas cuantas horas de trabajo, cuando una misión de semejante envergadura hubiera durado años de continuados esfuerzos por parte de un gran equipo de profesionales.

–¿Pensáis quedaros ahí parados? ¡Hemos encontrado la ciudad! –gritó loco de alegría entre sus ruinas–. ¡Por fin la hemos encontrado!

Hassan se incorporó seguido de Tamín y por último de Kinani, quien permaneció unos minutos más observando detenidamente la ciudad desde lo alto del campamento. «Así la describió Nehoreb: una gran ciudad rodeada de montañas. Yo tenía razón», se dijo, y pensó que por fin habían logrado uno de los objetivos de su misión: encontrar la ciudad del desierto.

Una vez estuvieron todos juntos delante de sus ruinas, tomaron la ancha avenida enlosada que se extendía ante ellos.

Mientras deambulaban recorriendo despacio la avenida, decidieron inspeccionar algunas de las muchas casas dispuestas a ambos lados de la calle principal. La puerta de una de ellas crujía sobre los goznes de piedra movida por una suave brisa. Hassan la empujó con sigilo y cruzó su umbral. A continuación le siguieron los demás. Tres pequeños escalones descendían hasta una estancia vacía. Algunas vasijas pintadas en vivos colores se mantenían en pie alineadas al fondo de la habitación, y justo enfrente, otra puerta con dos pequeños escalones de subida daba acceso a otra estancia. Caminaron despacio inspeccionándolo todo y luego subieron a la segunda habitación. Afortunadamente el techo se había conservado intacto y el sol entraba por un ancho y dilatado tragaluz iluminando la alcoba. Al fondo se extendía un banco corrido, ancho y alargado, y sobre él reposaba un revoltijo de telas. Yalil se dispuso a tocarlas, pero al asir una de ellas por uno de sus bordes, sonó un chasquido seco y quebradizo, y un pequeño pedazo de lino se partió entre sus dedos como una frágil lámina de cristal. Casi con complejo de culpabilidad lo depositó de nuevo en una esquina del diván. Luego abandonó la estancia y prosiguió la inspección.

Sin duda, para Yalil éste era el mayor hallazgo jamás soñado por un arqueólogo. Y sin embargo, extrañamente, se encontraba profundamente apesadumbrado. ¿Por qué no saltaba de felicidad o, cuanto menos, de suerte? Había algo extraño que flotaba en aquella enigmática ciudad que le impedía disfrutar del fabuloso descubrimiento. Tal vez se debiera al hecho de haber presenciado el fin de Hanefer, el sentirse parte del trágico destino de aquellas gentes. Sólo entonces pudo comprender por qué Hassan y los chicos se habían tomado tan a pecho la expedición.

Al cabo de un rato no pudo soportar por más tiempo

esa confusa sensación, y abandonó el lugar precipitadamente sin decir palabra.

–¿Qué ocurre, Yalil? Te noto algo triste –dijo Hassan saliendo a su encuentro–. ¿Te ha decepcionado la ciudad? ¿Esperabas encontrar otra cosa? –le preguntó intrigado.

–No. No es eso. ¡Todo lo contrario! –respondió. Pero sí, es cierto que estoy triste. Y curiosamente debería ser al revés. ¡Maldita sea! ¡No lo entiendo! –exclamó contrariado–. Cualquier otro arqueólogo hubiera dado su brazo derecho por realizar un descubrimiento como éste, y sin embargo...

–... Sin embargo te ha impresionado de forma muy distinta ¿no es eso? Sientes el destino de esta ciudad como algo más profundo, casi como si se tratara del tuyo propio –comentó leyéndole así los pensamientos.

–¡Es cierto! –exclamó aliviado–. ¡De veras que me siento como uno más de ellos!

Hassan dejó transcurrir unos segundos en silencio y luego se dirigió de nuevo a Yalil.

–Es curioso que esa misma sensación es la que nos ha arrastrado a todos hasta aquí –dijo–. Desde un principio, desde el mismo instante en el que Kinani vio al esclavo egipcio y Tamín y yo más tarde a la princesa, todos quedamos aprisionados, secuestrados me atrevería a decir, por el destino de esta misteriosa ciudad y de sus habitantes. Las imágenes de ese extraño espejo tienen tanto poder como para habernos arrastrado hasta el interior del desierto. Es casi como si no deseasen descansar en paz hasta que descubramos qué es lo que realmente ocurrió entre estas montañas. Tú también has caído en las redes de esa enigmática princesa. ¿Si no, cómo explicas esas imágenes en el espejo?

–¡Pero eso es completamente absurdo! –replicó confuso–. ¿Me quieres hacer creer que el espejo nos ha traído hasta aquí para que averigüemos qué es lo que ocurrió?

–¡Claro que sí! –contestó–. Estoy plenamente convencido de ello. ¿Pero es que no te das cuenta? –exclamó zarandeándolo suavemente–. El espejo está tratando de llevarnos hasta un misterio del que hasta ahora nadie ha tenido la más ligera sospecha de su existencia. ¡Tenemos una oportunidad entre un millón y no vamos a desaprovecharla! Nosotros no vamos a enloquecer como le ocurrió al pobre Bakrí. Somos más fuertes que él y podemos llegar hasta el final del enigma.

Yalil le miró profundamente cautivado por su entusiasmo y se sintió más aturdido todavía. Hassan estaba en lo cierto: había que llegar hasta el final.

Poco después de recorrer la larga avenida curioseando todo lo que encontraban a su paso, llegaron por fin al templo. Una vez allí, situados frente a aquella inmensa mole de piedra, se detuvieron delante de su amplia fachada y la observaron detenidamente de arriba abajo. El templo había quedado tan destrozado que ni siquiera pudieron acceder más allá del patio de la entrada. Entonces decidieron que sería más conveniente encaminarse directamente hacia las zonas de palacio que no se encontraban muy lejos de allí. Una ancha calle enlosada arrancaba desde la plaza porticada y se dirigía hacia el complejo conjunto de edificios reales que componían el palacio.

Era casi mediodía cuando llegaron a él, y sobre las ruinas reales se extendía aún un fresco manto de sombra. Ante ellos se abría una inmensa explanada que en otros tiempos fue un hermoso jardín lleno de exuberantes palmeras rodeando un gran estanque. Aunque, claro está, de todo ello ya no quedaba más que la imaginación de Yalil que se entretenía en ir reconstruyendo el estado hipotético del palacio, levantando muros y jardines aquí y allá.

El palacio era suntuoso y estaba bellamente decorado. Encontraron un largo pasillo bordeado de antorchas, que a su vez conectaba con un número ilimitado de habitaciones privadas. Decidieron continuar por ahí. Pero antes de iniciar su inspección, se desviaron a la izquierda guiados siempre por Yalil. Luego cruzaron despacio un corredor corto pero muy ancho, al final del cual se veía una luz intensa. El sol se hacía paso entre el hueco dejado por un trozo de techumbre caída. Cuando llegaron al final del pasillo, saltaron por encima de los escombros y encontraron una gran sala completamente destrozada. El techo estaba derrumbado y cubría de cascotes y vigas partidas el interior del gran salón. Solamente habían quedado en pie las paredes, y entre los escombros asomaba el respaldo de un ancho sillón. Hassan se acercó y retiró con la mano el polvo acumulado. Se trataba del trono real de la princesa Neferure, el mismo en el que se hallaba sentada y al que se había aferrado con fuerza cuando experimentó con temor cómo las paredes del palacio se desplomaban a su alrededor. Habían hallado el gran Salón de Audiencias.

–¡Fijaos en aquella pared! –exclamó Kinani de pronto, señalando hacia el fondo de la sala.

–¡Es la grieta que se abrió después del temblor! –reconoció Tamín de inmediato.

Yalil, que en esos instantes se encontraba con Hassan liberando el trono de escombros y polvo, acudió rápidamente a inspeccionarla. Sobre la pared que quedaba a espaldas del trono, corría una magnífica escena de caza de patos, pintada en vivos colores.

–No cabe la menor duda de que estamos en Hanefer –concluyó Yalil con aire satisfecho, ocupando holgadamente el trono con aire regio–. Y ahora que ya estamos seguros de ello, tal vez sea un buen momento para regresar al campamento y empezar a trabajar. ¿Tú que opinas, Hassan? Nos queda mucho por hacer: levantar planos, tomar notas, describir...

–Olvidas que todavía no hemos encontrado la alcoba privada de la princesa –argumentó–. Y si hemos de escapar del valle, tal vez sea por allí por donde podamos hacerlo. Estimo que lo más conveniente es asegurarnos la salida –añadió receloso elevando su vista al sol que azotaba la mañana con toda su intensidad–. Sinceramente, tengo serias dudas acerca de la generosidad de Ha; hace horas que nos permite pasearnos sin problemas por su ciudad y eso me resulta cada vez más sospechoso.

–¡Es cierto! –asintió Yalil acusando el olvido–. Hay que buscar la salida antes de volver al campamento. Ya que hemos llegado hasta aquí, no deberíamos abandonar el palacio sin antes encontrarla. ¡Bien! –exclamó entonces animoso poniéndose en pie–. Tenemos que retroceder hasta el primer pasillo y desde allí dirigirnos hasta el final del mismo. Las estancias privadas tienen que estar por esa zona.

De inmediato Kinani y Tamín tomaron la iniciativa y abandonaron la gran sala hasta llegar al pasillo. Una vez llegados al sitio indicado, enfilaron el largo corredor y lo recorrieron lentamente.

Pero de pronto una nueva y desagradable sorpresa les estaba esperando. Nuevamente el corazón de Kinani latió sobresaltado ya que él fue el primero en advertir que Ha comenzaba a dar señales de vida. Detrás de ellos, una gruesa lengua bífida de arena reptaba rápidamente por el corredor avanzando al igual que una inmensa serpiente, taponando las entradas de las habitaciones y sellando todos los pasillos.

–¡Mirad! –gritó clavando los ojos en la monstruosa lengua.

Tamín retrocedió aterrorizado y se escondió detrás de Hassan. De repente se sintió como un mosquito a punto de ser devorado por aquella alimaña de arena que cambiaba de forma cuantas veces quería, sin saber nunca qué nuevo y terrible aspecto presentaría. Kinani también se parapetó detrás de Hassan y todos comenzaron a retroceder, caminando sin dejar de mirar a la doble lengua que seguía su avance desigual pero continuo con un único objetivo: acabar con ellos.

Nadie había escuchado nada, ni viento, ni torbellinos de arena, ni feroces rugidos. Ha había entrado sigilosamente sin ser visto ni oído, en el más absoluto silencio.

Kinani no pudo contener por más tiempo el miedo que le dominaba de pies a cabeza, y echó a correr todo lo más rápido que pudo intentando alejarse de allí, sin esperar a ver cómo se los tragaba sin más. Pero de poco le sirvió su huida. El final del corredor estaba taponado; parte del techo estaba hundido y un montón de vigas y cascotes obstaculizaban el pasillo.

–¡No podemos continuar! ¡Todo está lleno de escombros y troncos caídos! –gimoteó desesperado–. ¿Qué vamos a hacer, Hassan?

–Hay que retirarlos de inmediato –ordenó él–. No perdamos más tiempo viendo cómo la arena se nos viene encima.

–Yo me encargo de las vigas de arriba –dijo Yalil, trepando rápidamente por el montón de escombros y tirando fuertemente de ellas.

Tamín se dispuso a ayudarle y trepó hasta donde él se encontraba. A continuación, todos juntos coordinaron sus fuerzas con rapidez. Había que aventajar el avance de las dos gruesas lenguas que cada vez se alargaban más hacia ellos. Sin saber cómo, en pocos minutos habían conseguido hacer un hueco lo suficientemente ancho como para que sus cuerpos se deslizaran por él. Luego penetraron a gatas por el hueco y cruzaron al otro lado del derrumbe. Entonces la pesada lengua comenzó a cubrir los primeros cascotes dispersos por el suelo. Avanzó rápidamente hasta los pies de Tamín, que medio muerto de miedo, azuzaba a los demás para que se dieran prisa en arrastrarse por el hueco. Pero cuando Kinani, que fue el primero en pasar al otro lado de los escombros, asomó la cabeza al final del agujero, dio un grito e intentó retroceder.

–¡Por todos los demonios! ¡No es momento para echarse a chillar! Sigue adelante y no te pares. La lengua está a punto de tragarnos –le increpó Yalil furibundo.

–¡Hay dos esqueletos ahí abajo! –gimió Kinani comunicando la noticia.

–Me parece muy bien, pero ya están muertos y no te van a morder –y propinándole un empujón lo lanzó hacia adelante con tanta fuerza que Kinani rodó por el montón de cascotes hasta quedar enfrentado cara a cara con la pálida y seca calavera de uno de ellos.

Rápidamente Yalil salió del hueco. Detrás de él Hassan y Tamín se dieron toda la prisa que pudieron por abandonar el improvisado túnel. Sin perder un segundo, Hassan se dispuso a obstruirlo antes de que la lengua de arena lo cruzase también.

–Esto retrasará algo su avance –dijo Hassan taponando fuertemente la boca del agujero con un montón de cascotes y varios trozos de vigas astilladas.

Yalil se encontraba ya al pie de los escombros examinando los dos esqueletos.

–Seguro que son los de los guardias que vinieron a detener a la princesa y a los esclavos –apuntó Kinani–. Y ésta debe ser la alcoba de la princesa Neferure–. Y poniéndose en pie intentó hacerse paso entre el amasijo de vigas y escombros que les rodeaban.

Afortunadamente, la serpiente de arena parecía haber quedado prisionera en su propia trampa, y los gruesos fragmentos de vigas que Hassan había introducido en el hueco no se habían movido de su sitio.

–Encontrará otra manera de acabar con nosotros –comentó Yalil sacudiendo su pelo, cubierto de arena y polvo.

–¡De veras que lo hará! –exclamó Hassan–. Esta vez ha sido muy sutil y silencioso, tanto que casi nos pilla sin que nos diésemos cuenta.

–Pero si ya hemos descubierto la ciudad, ¿por qué no ha terminado con nosotros de una vez por todas? ¿A qué viene el habernos acorralado en el pasillo? ¿No hubiera sido más sencillo ahogarnos en una duna en lugar de dejarnos entrar en Hanefer? –preguntó Kinani revelando con ello sus preocupaciones–. Nos ha dejado recorrer las calles, entrar en todos los sitios, husmearlo todo sin decir palabra, y justo ahora, cuando más cerca estábamos de la habitación de la princesa, es cuando ha decidido terminar con nosotros atrapándonos como a ratones.

–¡Eso es! ¡Tú bien lo has dicho! –exclamó Hassan con la mirada iluminada, creyendo haber encontrado en ese momento la solución al comportamiento de Ha–. Nos ha dejado todo el tiempo del mundo pensando que no saldríamos vivos de aquí. ¡Por eso no daba señales de vida! ¡Os dais cuenta! Conoce su ciudad perfectamente y sabe que es imposible escapar de aquí si él no lo desea. Y él no lo desea. Pero nos hemos acercado demasiado a un punto... –continuó mientras se dirigía al fondo de la habitación y rebuscaba entre las vigas y los escombros apoyados en la pared– que sin duda él juzga peligroso y ese peligro es...

NUESTRA LIBERTAD–. Y de repente, Hassan agarró con todas sus fuerzas una de las vigas y tiró de ella todo lo que pudo hasta que el grueso tronco de palmera cedió y salió disparado hacia fuera junto con él, cayendo ambos de bruces sobre la montaña de escombros con el tronco encima y una nube de polvo envolviéndolo todo.

–¡Pero es que quieres matarte! –le riñó Yalil, acudiendo rápidamente en su ayuda.

–¡Fantástico! –exclamó Hassan sin importarle el golpe–. Ahí tenéis el camino hacia la libertad –y con una sonrisa de felicidad infinita, señaló complacido el hueco dejado por la viga.

–¡Es la galería secreta! –gritó Kinani al reconocer sin titubeos aquella puerta abierta en la pared que Hassan acababa de descubrir–. Por aquí escapó la princesa. ¡Lo recuerdo perfectamente! –exclamó eufórico–. ¡Mirad! Y aquí está la piedra que ella empujó para que se abriese la puerta.

Y efectivamente era cierto. Yalil se aproximó rápidamente y comprobó con precisión cada detalle de la misma. El sistema de deslizamiento de la entrada era magnífico: una gran ranura en el suelo tallada en la piedra permitía que la puerta se deslizase sin problemas hacia la derecha al accionar el mecanismo de hundimiento del sillar, y dejaba la puerta oculta detrás de la pared. Restos del derrumbe habían rodado por la escalera y se perdían en la profundidad de la galería.

–¡Ehh, ohh! –gritó Kinani asomándose a ella.

De inmediato, un eco múltiple reverberó su «eh, oh» al interior transmitiendo el sonido a muchos otros túneles.

Pero, lamentablemente, no tuvo que pasar mucho tiempo para que Ha hiciera nuevamente acto de presencia. Mientras todos se agolpaban delante de la entrada examinando el nuevo descubrimiento, una inmensa lengua de arena asomó por encima del techo abierto al cielo y se desplomó sobre los escombros en busca de sus pequeñas víctimas.

–¡Rápido, entrad antes de que nos atrape! –gritó Yalil.

Y no había caído aún toda la arena que había soltado, cuando una segunda lengua, más gruesa y gorda que la primera, se alzó sobre ellos y descargó pesadamente justo delante de la puerta.

Sin concederles un minuto de respiro, cayó una tercera, una cuarta y luego una quinta lengua de arena. Y así continuó hasta que, finalmente, Ha consiguió su propósito: sellar la entrada, obligándolos a retroceder hacia el interior de la galería que, para entonces, había quedado completamente a oscuras.

–¿Y qué podemos hacer ahora? –pregunto Tamín desconcertado en medio de aquella oscuridad–. No podemos volver y ni siquiera tenemos agua, ni provisiones para continuar.

–Bajaremos a oscuras. No nos queda más remedio –opinó Hassan–. No tenemos luz pero tampoco vamos a quedarnos aquí parados. Si la princesa escapó por este túnel es posible que también nosotros podamos hacerlo. ¿No os parece? –convino él.

Kinani terminó por comprender que no se podía hacer otra cosa. Así comenzaron lentamente el descenso, palpando y comprobando cada paso y cada escalón. Yalil era quien había tomado el mando e iba haciendo recuento de los escalones descendidos. Hasta el momento, la galería bajaba sin experimentar cambio alguno y llevaban ya más de cuarenta escalones. Fue entonces cuando Yalil sintió delante de él el paso de una ráfaga de viento muy húmeda.

–¡Alto! –exclamó deteniendo la marcha–. ¿Lo habéis notado?, un viento frío como si viniese cargado de agua –dijo husmeando el aire como un sabueso desmenuzando la sensación recibida.

–Yo no he notado nada –respondió Tamín, que caminaba detrás de él.

Entonces, una nueva ráfaga cruzó la oscuridad.

–¡Otra vez! –insistió Yalil, sintiéndola esta vez con mayor intensidad.

–¡Sí! –asintió Tamín entonces–. Es cierto.

Y al mismo tiempo que esto sucedía, la túnica de Kinani comenzó a iluminarse a la altura de su cintura.

–¡Mira, Kinani! ¡El espejo está empezando a brillar! –exclamó Tamín.

Al instante, el chico notó el calor del disco de cobre sobre su cuerpo, introdujo su mano debajo de la túnica, y extrajo el espejo que ya resplandecía con toda su intensidad iluminando a su alrededor con la misma fuerza o más que lo hubiera hecho la lámpara de petróleo.

–¡Es fabuloso! –exclamó Hassan–. Su ayuda siempre llega cuando más falta nos hace. Ahora podremos proseguir. Veamos –dijo al tiempo que se adelantaba, disipando la oscuridad con el espejo en la mano. Luego, descendió unos cuantos escalones más y pasó a inspeccionar el túnel;

no quedaba más remedio que seguir bajando–. ¿Cuánto hemos descendido? –preguntó entonces a Yalil que llevaba el recuento.

–Cuarenta y cinco escalones, Hassan –respondió él.

–Entonces todavía tenemos que avanzar otro trecho parecido –les comunicó haciendo un cálculo aproximado entre lo que quedaba delante de ellos o por lo menos lo que podía verse y el trozo ya recorrido que pudo observar enarbolando la luz cobriza del espejo.

Gracias al pequeño disco que iluminaba la galería, resultó mucho más sencillo avanzar. Pero aquel túnel no parecía tener fin. Cada vez penetraba más profundamente en el interior de la montaña y la pendiente se hacía más acusada a medida que bajaban un nuevo peldaño. Yalil había contado más de ochenta escalones descendidos, demasiados sin duda para un pequeño túnel como era ese, y de una profundidad que comenzaba a ser sospechosa y no menos intrigante.

Poco a poco la humedad que anidaba en la profundidad de la montaña se fue haciendo cada vez más densa y notoria. Las paredes comenzaron lentamente a rezumar agua por todos lados. Miles de pequeñas gotas adheridas a las sinuosidades de la roca brillaban como rubíes al paso de la luz cobriza. Al principio Kinani creyó haber descubierto otro filón de piedras preciosas y se abalanzó sobre los primeros destellos rojizos, pero pronto se desilusionó al tocar dos inmensas gotas muy brillantes y quedar mojadas las yemas de sus dedos deshaciéndose de golpe su magnífico tesoro.

De cualquier forma la presencia de agua resultó terriblemente incómoda durante el descenso. A partir de entonces tuvieron que ser extremadamente cautelosos. Los peldaños se hicieron muy resbaladizos al quedar cubiertos por una película de gelatina viscosa, y cada pisada sobre ellos hacía expulsar un chorro de agua que rápidamente resbalaba hacia el siguiente escalón. Los pasos sonaban fofos y torpes. Tras un «chof, chof», la huella quedaba bien marcada en aquella especie de musgo viscoso, y luego, lentamente, se recuperaba absorbiendo el agua expulsada por otras pisadas.

Al cabo de un rato, Hassan creyó escuchar un silbido sospechoso. Se detuvo de pronto y ordenó a los demás un profundo silencio para no confundir el nuevo sonido con el de las pisadas. Entonces prestó más atención, afinando de nuevo el oído. No pasaron ni cinco segundos y el silbido volvió a repetirse, se escuchó esta vez y con más claridad. Era un sonido agudo como el que hace el viento al colarse por la rendija de una ventana entreabierta, si bien algo más ronco. Nuevamente volvió a repetirse, aunque en esta ocasión gimió con más fuerza y su sonido fue más prolongado que el anterior. Entonces Hassan descendió lentamente algunos escalones –ya eran más de trescientos cincuenta– y se dispuso a examinar el misterioso silbido. Alzó bien alto el espejo delante de él, y justo en ese momento, una ráfaga de viento helado chocó contra su cuerpo, le alborotó los rizos de las sienes y le revolvió la túnica. Otra galería cruzaba a menos de metro y medio de él y el largo túnel moría allí mismo.

## 12
## Un secreto para la eternidad

—Se terminó –dijo Hassan, girándose hacia atrás con todo el pelo revuelto y desorganizado–. Hasta aquí llega el túnel y luego forma una «T» con la galería que lo cruza. Ahora nos encontramos como al principio en el laberinto de la mina; tenemos que decidir hacia dónde dirigirnos: ¿izquierda o derecha? –preguntó Hassan.

Yalil enarboló el espejo y se adelantó a examinar personalmente la bifurcación en medio de una corriente gélida y terriblemente húmeda. Sus dientes empezaron a castañetear mientras se frotaba los brazos y la espalda como podía, esperando entrar pronto en calor. Kinani decidió también inspeccionar el cruce desde la escalera. Asomó levemente la cabeza, lo justo para curiosear la nueva galería, pero de inmediato una ráfaga helada cruzó su cara y aquello fue más que suficiente como para que un escalofrío le sacudiera todo el cuerpo.

–No sé qué decir –titubeó Hassan–. Esta vez nos da igual una galería que otra; estamos a muchos metros bajo tierra.

Entonces Hassan se adentró unos cuantos metros por la de la derecha, la observó con minuciosidad y luego hizo lo mismo con el túnel de la izquierda. Pero no encontró ninguna señal, ningún jeroglífico, no había nada que le facilitara la elección. Era una galería más, cavada a pico en la roca. Muerto de frío en medio de la corriente, se dispuso a abandonar el túnel pero, súbitamente, una ráfaga de viento más fuerte que las demás, lo empujó violentamente hacia dentro con tal intensidad que casi lo hace caer de espaldas. Hassan quedó meditabundo en medio de la galería y reflexionó unos instantes. Poco después habló:

–Seguiremos el rumbo dictado por la corriente de aire –les dijo–. Esas ráfagas vienen empujadas con demasiada fuerza como para tratarse de simples corrientes entre galerías. Tengo la impresión de que hay algo más que las hace recorrer tan rápidamente estos túneles.

–Tal vez estés en lo cierto –admitió Yalil–. Puede ser que existan toberas o salidas de aire a gran altura y eso explicaría el curso y los circuitos de las corrientes.

–¿Pero por qué demonios hace tanto frío? –preguntó Kinani tiritando bajo su túnica.

–Estamos a muchos metros bajo tierra –le explicó Yalil–. Aquí es imposible que puedan darse temperaturas tan altas como las que se alcanzan en el desierto. Puede que ahora estemos solamente a unos 12 ó 13°, mientras que en el exterior ya estarán a punto de rebasar los 48 ó 49° ¡si no más! Tu cuerpo no se ha adaptado aún a la diferencia. Eso es todo.

–Entiendo –contestó Kinani.

Hassan friccionó la espalda de los muchachos y luego les animó a seguir adelante. El suelo estaba cada vez más resbaladizo y las suelas mojadas ya no se agarraban como antes a las sinuosidades de las rocas. Además, el terreno ya no estaba cubierto de losas de piedra pulida ni nada por el estilo, y de ahí que el avance se hiciera mucho más tortuoso. Finalmente Hassan anunció con entusiasmo que delante de ellos la galería parecía terminarse y un fuerte resplandor cubría la pared de la izquierda.

De pronto, el espejo comenzó a perder intensidad y se fue apagando lentamente en manos de Hassan hasta que finalmente perdió toda su luz. Sin embargo, esta vez Hassan no se mostró preocupado por el siempre misterioso comportamiento del espejo, posiblemente porque se sintió aliviado ante aquel chorro de luz que les situaba ante un nuevo camino. Hechizado ante aquel enigmático resplandor, pensó solamente en cuál podría ser su origen y cómo era posible que iluminara con tanta intensidad aquella impresionante pared que se levantaba a su izquierda. Aquella luz no parecía proceder directamente del sol. No era tan cálida ni tan refulgente, y sin embargo tampoco parecía luz artificial. Más bien era una extraña combinación entre ambas, o por lo menos daba esa impresión.

–¿De dónde procederá? –preguntó Hassan.

–No tengo ni idea –respondió Yalil igualmente intrigado–, pero enseguida vamos a salir de dudas–. Y adelantándose unos metros más, salió al encuentro de la luz. Descendió una pequeña y escabrosa pendiente y buscó la fuente del resplandor alejándose de la oscura galería y de los demás, que quedaron rezagados a su espalda.

Mientras tanto Hassan, Kinani y Tamín decidieron mantenerse juntos a la espera de que Yalil regresase con nuevas noticias. Observaron con atención cada paso y cada movimiento que Yalil daba, hasta que finalmente se perdió entre recovecos y salientes rocosos, y se internó en las profundidades de la gruta.

Para entonces, era ya evidente que habían llegado a una inmensa cueva y que la galería moría justamente allí, delante de aquella escarpada bajada. Del techo cercano a la enorme pared iluminada se descolgaban corpulentos carámbanos de estalactitas, y su sombra se silueteaba en la pared formando extraños dibujos, mientras a sus pies surgían por todas partes racimos de estalagmitas que se elevaban con lentitud secular.

Yalil se hizo paso entre un bosque de inmensas columnas naturales de más de treinta metros de altura que sujetaban la gran bóveda. Se hacía difícil atravesar aquel bosque sin que los pies no volviesen a resbalar. Por ello, no tuvo más remedio que seguir avanzando con la misma lentitud que al principio. Hasta ahora el resplandor había quedado amortiguado por las sombras de unas columnas sobre otras, pero cuando ya apenas le quedaban algunas hileras de troncos fósiles que esquivar, la luz se abrió paso entre las últimas estalactitas y cobró más fuerza, saliendo a su encuentro y le golpeó el rostro con toda su intensidad. Atraído por la intensa luz, levantó la vista y miró al frente.

Al instante, Yalil pareció sufrir un fuerte shock y quedó boquiabierto con todo su rostro iluminado. Mantenía la mirada clavada en algo tan fascinante como imposible de creer. Era tan increíble lo que acababa de descubrir que, de momento, no pudo ni gritar, ni reír, ni llorar, ni manifestar emoción alguna que no fuese la perplejidad y el asombro más absolutos. Por unos segundos se quedó completamente paralizado y sin saber muy bien qué hacer, si seguir o regresar. Entonces optó por retroceder y comunicar a los demás lo que acababa de descubrir.

Volvió sobre sus pasos y cruzó el bosque como pudo. Cuando llegó ante los demás, sus reacciones fueron tan extrañas que creyeron que el pobre Yalil acababa de perder el juicio.

Hassan, preocupado ante su sorprendente cambio de actitud, bajó la escarpada pendiente y trató de averiguar qué era lo que había ocurrido. Entonces Yalil terminó por emitir algunas frases de forma más o menos comprensible.

–No vais a..., es sencillamente... –y sacudió varias veces la cabeza como si quisiera negarse a sí mismo–. ¡No sé! –y resopló tragando un poco de saliva. Luego respiró profundamente y lo intentó de nuevo–. ¡En mi vida he visto nada igual!–. Por fin había conseguido terminar una frase.

–¡Pero qué es lo que has visto! –exclamó Hassan seriamente preocupado–. ¡Vamos, Yalil! Haz un esfuerzo y serénate. ¿Qué has descubierto?

–No sabría explicarlo. ¡De verdad que no! Es algo... absolutamente increíble... Tenéis que ir a verlo con vuestros propios ojos porque os confieso que yo tampoco me lo creería si me lo contasen–. Y de repente se echó a reír, y al mismo tiempo que se reía unos gruesos lagrimones le resbalaban por las mejillas. Lloraba otra vez pero no de tristeza sino de emoción, de felicidad.

–¿Se puede saber qué demonios has encontrado? –preguntó Kinani y detrás de él Tamín.

–¡Somos ricos! –exclamó al fin–. Somos muy pobres –y lloró emocionado.

Hassan pensó que lo mejor sería ir a comprobar personalmente de qué tipo de descubrimiento o de riqueza o de miseria ¡o de lo que fuese! se trataba. Fuera lo que fuese estaba allí delante, al otro lado de ese ejército pétreo. Sin perder un segundo más cruzó el bosque de columnas seguido muy de cerca por Tamín y Kinani, hasta que al fin se encontraron delante de, lo que no quedaba más remedio que calificar, un auténtico milagro de la naturaleza.

Ante ellos se abría el espectáculo más fascinante e insólito jamás soñado: un bello lago de agua transparente y purísima, se extendía como un oasis inmenso que podría medir más de trescientos metros de largo por doscientos de ancho, y todo él, tanto el fondo como las paredes y el techo de la gruta, se hallaban forrados de oro sin que quedase resquicio alguno que no cubriera el preciado metal en bruto. Del techo del lago dorado colgaba una cortina de estalactitas finísimas, blancas e inmaculadas como un delantal de encaje, y el brillo del oro se reflejaba en su piedra blanca y húmeda. Justo al fondo del lago, el tiempo había esculpido una bella cascada de un color blanco intenso; el agua se deslizaba suavemente por las curvas aceradas hasta alcanzar el mismo lecho del lago y a su alrededor otras pequeñas cascadas, más jóvenes pero igual de blancas, cubrían la gruta y se perdían en la lejanía entre otro bosque de estalactitas que formaban cientos de formaciones caprichosas. Por si todo aquello no fuera suficiente, la gruta se hallaba completamente iluminada de forma tan natural como increíble. Un chorro de luz procedente de una inmensa grieta abierta en el techo, muy cercana al lago, producía una extraña combinación de luces metálicas y solares que rebotaban en las paredes de oro y éstas, a su vez, reflejaban la luz al igual que miles de espejos. El resultado era difícil de describir, pero no cabía la más mínima duda de que se aproximaba a la de la perfección total de la naturaleza concentrada en una de sus más bellas creaciones.

Hassan experimentó tal sensación de bienestar ante ello, que no pudo contener mucho más tiempo la emoción; deseaba gritar y no podía, y terminó por pensar que él también había perdido la voz. Cayó al suelo casi sin aliento. Allí se quedó en silencio durante no se sabe cuanto tiempo, arrodillado delante del lago como si estuviera rezando en el interior de un templo sagrado mientras contemplaba aquel prodigio natural.

Comprendió entonces la furia del dios ¡Y cómo! Ése era el gran misterio que Ha había tratado de impedir sin éxito que descubrieran. ¡Habían llegado hasta su corazón! ¡Eso era lo que había ocurrido! Habían hallado hasta sus más profundas y cavernosas entrañas, deslizándose por su garganta húmeda y fría, por aquella oscura escalera de peldaños viscosos.

Kinani y Tamín yacían al lado de Hassan igual de atónitos y boquiabiertos. Minutos más tarde apareció Yalil algo más sereno, y en su rostro se esbozaba un semblante de bienestar indescriptible. Al cabo de un rato Hassan pareció despertar del aturdimiento y entonces articuló las primeras palabras.

−¡Escuchadme con atención! −exclamó con voz solemne− Mirad con detenimiento todo lo que se encuentra a vuestro alrededor. No olvidéis nada de lo que estáis viendo porque no existe nada parecido−. Luego se puso en pie y prosiguió. −Éste es el secreto de la ciudad de Hanefer. Éste es el secreto de la princesa Neferure. Pero sobre todo, sobre todo −y puso especial énfasis en redoblar la atención de su pequeño auditorio− éste es EL CORAZÓN DE HA. Sí, aquí está su verdadera esencia formada por dos de sus bienes más preciados: el agua y el oro. Si algo ha tratado de evitar a toda costa es que descubriéramos este lugar, pero al final lo hemos encontrado.

−Pero dime, Hassan −interrumpió Kinani confuso y preocupado−. Si no quería que averiguásemos cuál era su tesoro, ¿tú crees que ahora que lo hemos descubierto nos permitirá salir de aquí?

Hassan reflexionó unos instantes antes de responder.

−La princesa escapó de la ciudad, ¿no es cierto? −le dijo−. Y si ella pudo hacerlo, también pudieron los demás. Pues, de la misma forma nosotros escaparemos.

–¿Pero cómo? –preguntó de nuevo–. La princesa dijo que conocía otro corredor que conducía desde el lago hasta el valle del cauce seco. Sin embargo, la galería secreta desciende hasta esta gruta, que también sería secreta, supongo. Y yo no veo otra salida, a no ser que escapasen trepando por la sima.

–No. Eso es imposible –negó rechazando la hipótesis–. Está demasiado alta y escarpada como para haber podido escapar por ahí, y además su acceso es casi un suicidio. Tienes razón; tiene que existir otra salida –reflexionó en voz alta–. Tal vez debamos retroceder por la galería y explorar el túnel que dejamos a la derecha.

–No creo que eso sea una buena idea –opinó Yalil–. Si fuese esa la galería, la princesa no habría aclarado que la salida «conducía directamente desde el lago». Tiene que existir otra salida, tal vez incluso más de una –y entonces Yalil se incorporó y se dispuso rápidamente a explorar la gruta con objeto de confirmar sus sospechas.

Lo primero que hizo fue aproximarse al lago, alzó la mirada hacia la sima e inspeccionó los recovecos escarpados de las paredes doradas, mientras su rostro quedaba iluminado por la extremidad de una cortina de luz que descendía directamente desde el exterior hasta el agua.

–¡Imposible! –concluyó–. Como dice Hassan: demasiado alta, escarpada y peligrosa.

A continuación dio una vuelta al lago y luego se dispuso a internarse en el otro bosque de estalactitas que ensombrecía el fondo de la gruta.

Entretanto Hassan volvió a repasar mentalmente cada

palabra de las conversaciones que la princesa mantuvo con sus súbditos. La princesa habló de un lago y también uno de los nobles lo mencionó diciendo que no sería un lugar seguro. Pero si éste era el lago al que hicieron referencia, ¿cómo no iba a ser seguro el mismo corazón del dios? Precisamente tendría que ser al contrario: no había sitio más seguro que su propio corazón. Nunca se habría atrevido a destruirse, a suicidarse, a terminar con sus maravillosos tesoros solamente porque un montón de chiquillos y algunos adultos decidieran refugiarse en la gruta. Pero entonces recordó la imagen del sacerdote del gran templo tremendamente asustado porque no había conseguido calmar la ira del dios, enfurecido por la extracción de oro que se estaba realizando «debajo de la ciudad». ¿Qué quiso decir con ello? ¿Se trataba de filones más profundos, tanto que llegasen a rozar el propio corazón del dios? «¡Exacto! ¡Eso tenía que ser!», exclamó con igual convencimiento que si hubiera descubierto la piedra filosofal.

Reflexionó nuevamente sobre ello y entonces descartó la peregrina idea que le estaba rondando la cabeza. «¡Qué tontería!» pensó. No, su hipótesis no podía ser cierta; no se hubieran atrevido a tocar el oro de su corazón. «¿O tal vez sí?», le dictó una voz desde lo más profundo de su raciocinio. Invadido por esa duda, la idea comenzó a anidar con fuerza en su mente. Si durante tantos años Ha sólo había «protestado» contra la extracción de su oro, ¿por qué decidió terminar con la ciudad minera? ¿Tal vez porque le empezaron a «arrancar la piel de su propio corazón», las láminas doradas que cubrían la gruta, esas mismas que ahora él tenía delante de sus propios ojos? ¿Sería posible que hubieran cometido semejante atrocidad en un lugar tan bello y único como era ése?

–¡Eso es! –exclamó entonces plenamente convencido de su razonamiento, mirando a los chicos. Y al instante, poseído por la seguridad de sus fundadas sospechas, comenzó a buscar la huella de esa herida causada a golpe de pico y martillo–. ¿Dónde está? ¿Dónde está la herida? –preguntó recorriendo la gruta ante la atónita mirada de Tamín y Kinani.

Convencido de que tenía que hallarla en algún lugar, se fue alejando poco a poco del lago y adentrándose en el fondo de la cueva en dirección contraria a la que se encontraba Yalil. Casi sin darse cuenta, en muy poco tiempo ambos desaparecieron de la vista de los dos muchachos dejándolos solos. Pero Tamín y Kinani estaban demasiado cansados como para ir tras ellos y decidieron esperar en el lago.

Al poco llegó Yalil, saliendo de entre las sombras del bosque de estalactitas y esbozando un gesto de preocupación.

–He recorrido todo el fondo de la cueva –les dijo– y no he encontrado más salidas o galerías. La gruta está completamente cerrada –concluyó con tono firme.

–¡Tal vez la salida esté al otro lado de la cueva! –propuso entonces Tamín.

–¡Es cierto! –exclamó Kinani–. Solamente has buscado por esa parte y es posible que la salida se encuentre al otro lado.

–No lo creo –afirmó respondiendo a sus argumentaciones–. La galería de salida tendría que encontrarse hacia el sureste y no hacia el noroeste. Hemos descendido la escalera sin que se produjeran cambios de dirección, más que cuando tomamos la galería de la izquierda que hacía un perfecto ángulo recto. De este modo, a nuestra derecha sigue estando el Sureste. ¿Dónde está Hassan? –preguntó entonces.

–Hace un rato que desapareció buscando no sé qué «herida» que decía tenía que haber por aquí –respondió Kinani– pero lo cierto es que no nos ha aclarado de qué se trataba.

–¿Una herida? –preguntó Yalil extrañado.

–Sí. Dijo que tenía que haber huellas de una herida y entonces se internó al otro lado de la cueva. Pero de eso hace ya un buen rato. Tiene que estar por ahí. ¿Quieres que vayamos a buscarlo?

–Tal vez sea lo más prudente –pensó Yalil–. ¡Vamos, venid conmigo! Iremos juntos.

Ya se disponían a adentrase en la otra parte de la cueva, cuando de pronto los gritos de Hassan surgieron desde lo más profundo de la gruta entre luces y sombras móviles que el resplandor del lago producía.

–¡¡Lo encontré, lo encontré!! –chilló Hassan una y otra vez, loco de contento.

Invadidos por la curiosidad de su tono eufórico, salieron a su encuentro y corrieron hacia las voces penetrando en otro denso bosque de estalactitas. Al pie de una inmensa pared forrada de oro que cerraba la cueva por su parte occidental, yacían docenas de picos y herramientas de minero: ganchos de bronce, espuertas de mimbre trenzado, numerosos andamios de troncos amarrados con gruesas cuerdas, lámparas de aceite... Hassan había descubierto una enorme costra de oro pegada a la pared, la más grande de cuantas habían encontrado hasta ahora. No se trataba de una veta aurífera más grande que las demás, sino de una inmensa pared, enorme, revestida de arriba abajo de aquel manto duro y dorado. Pero en lo más alto de aquélla, se veían las terribles huellas dejadas por la actividad minera. Aún quedaban gruesas tiras de metal medio desprendidas y placas levantadas que dejaban la piedra al descubierto y completamente desprotegida de su preciada piel.

–¡Acercaos! –exclamó nada más verlos llegar–. ¿Os dais cuenta? ¡Aquí está la herida! –dijo mientras apoyaba su mano sobre la piedra desposeída del oro–. Aquí tenéis el motivo de la ira del dios Ha. Trataron de despellejarle como a un animal, arrancándole su oro, y su respuesta fue contundente: decidió la destrucción de la ciudad.

–¡Es terrible! –exclamó Kinani aún sobrecogido por el descubrimiento–. Ahora puedo entenderlo. Lo que no comprendo es cómo pudieron hacerle algo tan salvaje. ¡Había oro más que suficiente en las montañas como para satisfacer a varias generaciones de faraones!

–Estás en lo cierto, Kinani –respondió Yalil–, pero la codicia del hombre no tiene límites. No les bastó con desangrar la montaña a través de los cientos de galerías que la recorren. Tuvieron que arrancarle también el oro de su corazón.

–Pero esto no es todo –añadió Hassan–. Además he encontrado otro túnel –dijo señalando su entrada en una de las partes más ocultas de la gruta–. Por ahí tuvieron que bajar desde las galerías de las minas o desde la misma ciudad hasta aquí.

Al escuchar la noticia, Yalil se sintió profundamente aliviado. Hassan había encontrado la salida. Pero, poco le duró su alegría cuando, antes de que le diese tiempo de acudir a inspeccionar la galería, Hassan prosiguió dando detalles acerca de ella.

–¡Qué desastre! –exclamó entonces contrariado–. Está completamente derrumbada y su acceso está cortado –añadió comprobando su mal estado–. Incluso me da la impresión de que el derrumbe no fue ocasional, sino que también tuvo que ver con la destrucción de Hanefer.

Las palabras de Hassan llegaron a Yalil como un jarro de agua fría. Confiaba que en esa parte de la cueva pudiera hallarse la salida que habían estado buscando al otro lado, y que, por desgracia, no encontraron.

–Hassan –le dijo entonces–. Creo que efectivamente tienes razón. Por fin hemos descubierto el verdadero motivo de la destrucción de la ciudad, pero me temo que tenemos un problema mucho más serio –concluyó, imprimiendo a su voz un tono grave.

–¿A qué te refieres? –le preguntó con extrañeza.

–Como habrás podido comprobar, he ido revisando esta parte de la cueva de punta a punta y no he encontrado más salida que la que hubiera supuesto esta galería hundida.

–Y bien, ¿qué quieres decir con ello? –volvió a preguntar.

–Eso quiere decir que...

–Que, ¿qué? ¡Habla ya, por nuestro Profeta! –exclamó Hassan nervioso.

–... Que no hay otra salida –le comunicó con desánimo–. La única, por lógica, debía de ser ésta, la galería de los mineros. Si bien creo que aunque estuviésemos siglos intentando despejarla, nunca lo conseguiríamos: hay toneladas de piedras desprendidas y ni en mil años podríamos sacarlas de ahí. No hay otro túnel que salga del lago hacia el exterior. Me temo que estamos atrapados –concluyó abatido.

A Hassan se le heló la mirada y su garganta carraspeó varias veces intentando digerir la mala noticia. Si efectivamente no había otra galería desde la gruta, era cierto que estaban prisioneros allí dentro.

–Pues tendremos que intentar subir de nuevo hasta la alcoba de la princesa y tratar de escapar por allí –propuso Kinani.

–De nada serviría –pensó Hassan en voz alta–. Ha sabe que nos tiene encerrados y no liberará la entrada.

–Entonces podríamos escapar escalando la sima –propuso Tamín, bajo el profundo silencio de Yalil–. Tenemos ganchos y aquí hay muchas cuerdas.

–Te refieres a éstas –dijo Yalil propinando una patada a un rollo de viejas maromas ya putrefactas que se deshicieron en un montón de pequeños fragmentos inconexos y desarticulados.

Entonces, Tamín calló desilusionado y descartó de inmediato la propuesta al tiempo que exhalaba una profunda bocanada de aire, sin fuerzas ya para aportar ninguna otra solución al problema.

–¡Pues algo tendremos que hacer! –gritó entonces Kinani ante la imposibilidad de encontrar él tampoco otra alternativa–. Yo no pienso quedarme aquí esperando a morirme de hambre; pronto anochecerá y entonces nos quedaremos otra vez a oscuras.

Pero nadie le replicó su desánimo, porque ninguno sabía cómo hacerlo. El eco de sus palabras, llenas de rabia y desazón, se perdieron en breves instantes ahogadas por la reverberación del agua, y un gran silencio cruzó los pensamientos confusos de los cuatro. Entonces decidieron volver al lago. La luz de la cueva se apagaba dulcemente y ya apenas si podían verse sus rostros. Estaba anocheciendo.

Hassan recogió a los chicos en su regazo y frotó cariñosamente sus espaldas.

–¡Vamos, alegrad esas caras! –exhortó con una sonrisa que cruzó su rostro arrugado, haciendo ver que la situación no era tan mala–. Mañana saldremos de aquí. Encontraremos esa salida, ¡ya lo veréis! –dijo mientras les inculcaba el ánimo suficiente que a él mismo le faltaba.

Los muchachos esbozaron una leve sonrisa forzando los labios hacia las comisuras y estrechándose fuertemente contra el cuerpo cálido de Hassan. Ello les hizo sentirse algo más aliviados.

Sin embargo, Yalil no pudo sonreír. Estaba seriamente preocupado porque era plenamente consciente de la gravedad de la situación. Intentaba pensar con claridad, rebuscando en su mente algo que les ayudase a escapar de allí, pero cuanto más pensaba, menos clara veía la solución. «¿Cómo demonios consiguió la princesa escapar una vez dentro de la gruta?, ¿se desplomó la galería después de que escaparan por ella, o tal vez atrapó a todos dentro y ella pudo salir antes del derrumbe?», se preguntaba una y mil veces sin encontrar respuesta alguna. Pero cuando quiso darse cuenta, se había quedado solo elucubrando en medio de sus argumentos; Hassan y los chicos dormían ya acurrucados unos contra otros al borde del lago. No quiso despertarlos y pensó que lo mejor sería intentar dormir él también. Apoyó su espalda contra la de Tamín buscando a su vez el calor del cuerpo del muchacho hasta que se quedó profundamente dormido.

El alba despuntó por encima de una cornisa afilada del valle y su luz tenue no tardó mucho en llegar hasta la boca de la profunda sima, resbalándose por la enorme grieta hasta alcanzar de nuevo el fondo dorado del lago. Al instante, todo él se iluminó y con él la cueva comenzó lentamente a cobrar ese resplandor del día anterior.

Pero entonces sucedió algo fascinante. La superficie del lago comenzó a agitarse, y el agua se revolvió en el fondo de su lecho creando cientos de burbujas que comenzaron a ascender formando cadenas de rosarios entrecruzados. Luego, en el centro del lago, se dibujaron docenas de círculos concéntricos sobre su superficie, que se extendían hasta sus orillas en ondas cada vez más abiertas mientras el agua seguía agitándose misteriosamente sin que aparentemente hubiese motivo alguno para ello.

Entonces, sobre esa inestable superficie, comenzó a perfilarse la imagen de un ser humano. Era la imagen de una bella mujer, la imagen de la princesa Neferure rodeada por un montón de chiquillos que no paraban de gimotear. La princesa intentaba calmarlos, acariciándolos a todos y pidiendo a sus doncellas que los mantuvieran unidos para darse calor.

Una luz pálida, casi como esa misma luz que ahora inundaba la cueva, rodeaba a la princesa que se encontraba en ese mismo lago del que ahora surgía su imagen.

–No os preocupéis –dijo la princesa– saldremos de aquí–. Luego miró a su alrededor como lo había hecho ya un par de veces y volvió a preguntar por el paradero de Konser y Seosfrú. –¿Estáis seguras que venían por la galería de la mina?

–Sí, mi Señora –respondió una de las doncellas bajando apesadumbrada la mirada cargada de una profunda tristeza.

–¡No es posible que hayan muerto! –exclamó la princesa irritada, apretando los dientes con rabia–. No puedo creerlo. Mis mejores hombres aplastados en una de las tripas de este iracundo y vengativo dios. ¡Por todos los dioses! ¿Será posible que esto esté sucediendo? ¡No puede ser más que una pesadilla!

Las voces de la princesa y el gimoteo incesante de los muchachos terminaron por interrumpir el sueño de Yalil, y cuál no sería su sorpresa cuando lo primero que vio, nada más abrir los ojos, fue la imagen de todas aquellas personas sobre el lago. Se sobresaltó de tal manera que rápidamente zarandeó a los demás sin decir palabra, quienes pronto comprendieron que el motivo de su brusco despertar estaba más que justificado.

–Mi Señora –se atrevió a interrumpir una de las doncellas–. ¿Cómo saldremos de aquí? –preguntó entonces angustiada y temerosa–. Si los nobles Seosfrú y Konser han quedado atrapados en la galería con el resto de los esclavos que huían para reunirse con nosotros, ¿por dónde escaparemos entonces?

La princesa miró fijamente a su doncella y luego se alejó de los chicos. A continuación se dirigió hacia un extremo del lago, y se detuvo justo en el borde en el que se encontraban Hassan, Yalil, Tamín y Kinani. Una vez allí, depositó el espejo de cobre que llevaba en su mano en una pequeña oquedad cercana a la sima, exactamente al lado de un débil rayo de sol que lentamente se aproximaba a la orilla. Poco después dijo:

–No podemos perder más tiempo. Si los demás han muerto, nosotros aún podemos salvarnos.

Nadie entendió lo que acababa de hacer y todos se miraron extrañados.

–¡Escuchadme bien todos! –exclamó entonces la princesa en voz alta–. Cuando ese rayo de sol que veis en el lago llegue hasta el espejo, saldrá despedido hacia el fondo de la cueva. Entonces solamente dispondremos de unos instantes para escapar. La fuerza del rayo será tan grande que taladrará la roca hasta el exterior como si fuera de arena; pero cuando el sol abandone el disco de cobre, el rayo cesará y la cueva volverá a cerrarse. Quien no haya conseguido salir para entonces, no podrá hacerlo ya, de modo que tenéis que correr todo lo que podáis sin empujaros unos a otros. ¿Me habéis entendido?

Todas las cabezas gesticularon una muda afirmación. Parecía increíble que nada semejante pudiera ser cierto, pero la princesa estaba convencida de ello y eso era más que suficiente como para creerla.

Muy lentamente, el rayo de sol fue avanzando hasta el borde del lago, al igual que en ese momento lo hacía el mismo rayo que había entrado de madrugada por la sima.

De pronto, la luz alcanzó al espejo clavado en el borde y ligeramente inclinado en dirección Este. De inmediato, un destello de sol salió despedido hacia el fondo de la cueva y cruzó el bosque de columnas en fracción de segundos y, con una precisión asombrosa, lo atravesó sin tan siquiera rozar una sola estalactita. Luego chocó contra la pared de la caverna y ésta, inexplicablemente, comenzó a derretir sus rocas y el oro que las cubría como si fuesen de cera, taladrando de este modo la montaña hasta alcanzar el exterior. Ante los rostros de estupor de los jóvenes esclavos y de las doncellas, la princesa intervino con celeridad y les comunicó el siguiente paso a seguir.

–¡Rápido! –exclamó ella con euforia cuando comprobó que la salida había quedado abierta justo delante de ellos–. ¡Corred hasta allí y atravesad el túnel que el rayo ha abierto! Pero no toquéis las paredes. ¡Podríais quemaros!

Pese a que Kinani iba traduciendo con rapidez todo lo que escuchaba, esta vez Hassan no necesitó de intérprete para comprender lo que allí estaba sucediendo. Observó cómo el rayo avanzaba cruzando el lago hasta la orilla en donde ellos se encontraban. Rápidamente se incorporó y siguió la dirección que aquel tomaba en línea recta hasta alcanzar el borde del lago. Entonces comprobó que efectivamente allí había una pequeña oquedad circular horadada en el reborde calizo y duro, en la que cabía holgadamente «el mango de un espejo», de ese mismo espejo que un día perteneció a aquella hermosa princesa y que ahora había llegado a su poder de forma tan fascinante como misteriosa.

Introdujo el dedo dentro del agujero para limpiarlo bien de suciedad y vaciar el agua que se había acumulado en su interior y luego, sin perder un precioso segundo, exclamó:

–¡Rápido Kinani, dame el espejo!

El chico obedeció de inmediato; introdujo la mano debajo de su túnica y extrajo el disco de cobre que llevaba enganchado en la correa del pantalón.

–No perdáis tiempo –gritó entonces Hassan a los demás, mientras ajustaba con precisión el mango en el orificio–. El rayo de luz está a punto de alcanzar el borde del lago y cuando eso ocurra, deberemos hacer exactamente lo mismo que hizo la princesa. ¡Es nuestra única oportunidad de salir de aquí con vida!

Y justo en el instante en el que Hassan se apartó del espejo ya dispuesto para recibir el milagroso rayo, la luz llegó hasta su disco cobrizo y pulido. En tan sólo una fracción de segundo salió despedido, cruzando la cueva como un suspiro, y atravesando el bosque de estalacticas por su parte oriental hasta chocar violentamente contra la roca forrada de oro. Miles de chispas rojizas y verdosas saltaron por todos lados al son de un estruendo ensordecedor, mientras la potente fuerza del rayo fundía el oro y la roca de forma tan increíble como cierta. En muy poco tiempo había conseguido abrir un inmenso boquete lo suficientemente ancho y grande como para escapar a través de él sin problemas.

Hassan y los demás abandonaron el lago cuando la imagen de la princesa y su séquito de esclavos se desvanecía para siempre sobre la superficie del agua. De inmediato se dirigieron hacia el hueco abierto a la espera de vislumbrar el final del túnel.

Minutos más tarde, el rayo terminó de penetrar el espesor de la roca y un resplandor de luz se abrió al otro lado de ésta. El proceso había terminado y lo que se veía al final del túnel era la luz del sol, cálida y brillante, que se hacía paso hacia el interior de la montaña.

–¡Ahí está! –exclamó Hassan con júbilo–. Al otro lado está nuestra salvación.

Entonces el rayo se apagó bruscamente. Había llegado el momento. Sin perder un instante cruzaron la galería hasta alcanzar su final. Sin embargo, no pareció que de aquel improvisado túnel fuese a quedar ni la más leve señal de su existencia, ya que a medida que avanzaban por él, la roca se iba cerrando detrás de ellos bajo un impresionante rugido seco y ronco, hasta que la cueva quedó de nuevo sellada, y con él su secreto. Ya no habría forma de volver sobre sus pasos. La montaña había quedado cerrada. Habían escapado de Hanefer de forma tan violenta como habían entrado, y si alguien les preguntase cómo habían encontrado la ciudad y salido de ella, nadie les creería, pues su narración sonaría tan fantástica e increíble como la del pobre Bakrí. Muy pocos, por no decir ninguno, llegarían a escucharles la mitad de su relato y terminarían pensando lo mismo que los demás opinaban en estos casos: «Alucinaciones de viajeros perdidos en el desierto. Todos terminan perdiendo la razón».

Hassan miró a Yalil y luego a los chicos, y a continuación les dijo:

–La ciudad de Ha se ha escondido tras esa pared y también su secreto deberá quedar guardado en nuestros corazones. El secreto de la ciudad perdida es demasiado peligroso y hermoso como para que pueda divulgarse. Si alguien intentara de nuevo arrancarle su oro, volvería a producirse otra desgracia y posiblemente más muertes. Sólo nosotros y ese loco de Bakrí, que aún no acierto a comprender cómo consiguió escapar solo de la cueva llevándose el espejo consigo, conocemos el misterio de su corazón.

–Tienes razón –convino Yalil–. Tal vez si vuelves a encontrarte con él, nos aclare cómo pudo conseguirlo. De todas formas es cierto que nadie nos creería. Además, ni siquiera tenemos prueba de ello: hemos perdido el espejo y todo cuanto teníamos y descubrimos ha quedado dentro del valle.

–Todo no –apuntó Kinani con un destello en los ojos.

–¡Cómo que no! –exclamó Tamín–. Si hemos conservado la túnica y las sandalias, ha sido de puro milagro.

Entonces Kinani se echó la mano al bolsillo de su pantalón y extrajo unos cuantos fragmentos de oro que había recogido de la galería que casi se hundió sobre sus cabezas. Con enorme satisfacción, se los mostró a los demás.

–Efectivamente, tienes razón –respondió Hassan–. Consérvalos bien, pues eres el único que tiene una prueba de que la ciudad de Ha existe.

Delante de ellos se extendía una escarpada ladera que dominaba un valle abrupto y encajado. Era el valle del Hammammat. Justo a su izquierda se erguían, al igual que las desafiantes garras de un tremendo monstruo, columnas de rocas desarticuladas que daban la impresión de que se encontraban a punto de desprenderse. Sin duda debía tratarse del desfiladero del Diablo, aquél que tanto respeto imponía a Mumarak y a sus hombres.

Hassan, Yalil y los chicos se dispusieron a descender la ladera. Sucios, hambrientos y desprovistos de todo cuanto habían traído hasta el desierto, bajaron aprovechando los senderos naturales de arena y piedras que encontraron. De este modo, fueron buscando el lecho del cauce seco del Hammammat que se avistaba desde lo alto, casi como una meta inalcanzable.

Aún era muy temprano. El horizonte se perfilaba nítido y claro, y facilitaba la definición de los perfiles en la lejanía, por lo que Kinani no dudó cuando reconoció la silueta de una caravana que se aproximaba cruzando el valle.

Tenía que ser la caravana de Mumarak. Sí, sin duda tenía que ser la suya. Habían pasado ya varios días desde que se despidieron al final del mar de dunas y Mumarak vendría ya de vuelta de Qoceir.

–¡Mirad! –gritó loco de alegría señalando la imagen, móvil y alargada, entre dos desfiladeros abruptos en lo más profundo del valle–. ¡Es la caravana de Mumarak!

De pronto, todos interrumpieron el descenso y aguzaron la vista hacia donde Kinani indicaba. ¡Tenía razón! Alguien se aproximaba por el Este y quién podría ser sino Mumarak y sus hombres. Yalil dio un brinco de contento y se abrazó a Tamín con tanta fuerza que casi cayeron los dos rodando ladera abajo. Entonces todos comenzaron a agitar los brazos en alto haciendo señas y gritando, hasta que sus voces llegaron hasta la caravana rebotando de unos desfiladeros a otros y haciendo caer alguna que otra inestable roca por acción del eco. Segundos más tarde, varios brazos en alto respondían la llamada desde la caravana. ¡Estaban salvados!

–¡Señor! –exclamó uno de los hombres de Mumarak–. ¿Son ellos, verdad?

–Sí, me temo que son ellos –respondió Mumarak aguzando la vista hacia la ladera escarpada–. ¡Locos! Se han vuelto locos como ese infeliz de Bakrí..., pero están vivos –exhaló aliviado–. ¡Demos gracias a Alá!

Pasaba un cuarto de hora de las siete de la mañana, cuando la puerta de la tienda de antigüedades del señor

Abbas se abrió tras el melódico y acostumbrado sonido metálico de la ristra de campanillas.

Un joven, alto y espigado, salió de la tienda escobón en mano y se dispuso a barrer el porche echando el polvo hacia la calle. Luego sacudió el felpudo golpeándolo repetidas veces contra el zócalo de piedra del escaparate, y antes de entrar extendió el toldo haciendo girar con gran rapidez la manivela de hierro una veintena de veces.

Aquella sería una mañana calurosa, como todas las mañanas cairotas en pleno mes de agosto. Pero Kinani ya estaba más que acostumbrado a soportar una jornada de trabajo después de más de seis años como ayudante en la tienda al servicio de Hassan y del señor Abbas.

Durante los años que transcurrieron después de su regreso del valle del Hammammat, Hassan le había ido enseñando todo lo que sabía, y sin querer fue aprendiendo lo necesario para trabajar desde entonces a su lado. Tamín terminó por incorporarse al negocio de su tío. Al fin y al cabo él era el mayor, y no le quedó más remedio como primogénito al heredar el negocio.

Kinani aprendió de Hassan el secreto de las lamparillas, la composición de sus pócimas y ungüentos sagrados, los ritos mágicos y las frases invocadoras a los espíritus de su más lejana historia. Atesoró increíbles conocimientos jamás contados que Hassan le fue narrando a lo largo de todo ese tiempo, y se convirtió en el depositario de todo lo que su viejo amigo le confió, a falta de un descendiente de sangre en quien hacer recaer su preciada herencia, como mandaba la antigua tradición familiar.

Desde hacía ya tiempo, del pecho de Kinani colgaba de un recio cordón de nylon negro una vieja bolsa de cuero desgastado y sucio. A menudo la cogía entre sus manos y la acariciaba con cariño, reteniendo su mirada en el vacío de muchos recuerdos, pero especialmente cuando el señor Abbas insistía en preguntar de nuevo, después de tanto tiempo, qué es lo que ocurrió en aquel viaje insensato que hicieron al desierto en busca de una ciudad perdida y que casi les cuesta la vida, y de cuyo resultado sólo obtuvo un silencio sepulcral y ningún beneficio para su negocio.

El señor Abbas nunca pudo sospechar que la respuesta a sus insistentes preguntas siempre estuvo muy cerca de él. En el interior de aquella pequeña bolsa de cuero, Kinani guardaba las pruebas pertenecientes a dos fabulosos secretos que jamás reveló: un par de piedras de sílex y unos cuantos fragmentos de oro.

# EPÍLOGO

Seguramente os estéis ya preguntando, qué hay de real y qué de ficción en la novela. Pues bien, sin perder un segundo más, os lo aclaro en un santiamén.

La princesa Neferure fue hija de la Reina Hatsepsut quien reinó en el Imperio egipcio en torno a 1500 antes de Jesucristo. Se sabe que la princesa murió muy joven, pocos días antes de ser nombrada sucesora y heredera al trono de Egipto, hecho éste que da que pensar en que su muerte no fue tan accidental como trataron de hacer ver. Senenmut, el arquitecto de palacio, se encargó de su educación durante su corta vida.

Sí se conserva el plano de una mina de oro –aquel que menciona Yalil en la novela y que por otra parte se trata de un documento único en el mundo de la Egiptología–, pero desconozco que se haya encontrado una ciudad minera de las características de Hanefer, y menos aún que se organizara una rebelión como la narrada en la novela, fruto sólo de mi imaginación. El dios Ha recibió culto durante unos escasos veinte años, como bien dijo Yalil, y es cierto que para los egipcios no fue precisamente uno de sus dioses preferidos, por lo vengativo y lo temible de sus arrebatos de ira en el desierto.

Todos los personajes –Hassan, Yalil, Tamín, Kinani, Bakrí...– son inventados, si bien Hassan responde al recuerdo de un empleado que conocí en una tienda de antigüedades en El Cairo hace ya más de quince años. Su recuerdo fue para mí el pistoletazo de salida del argumento que más tarde desarrollaría en esta novela...

# ÍNDICE

## Susana Fernández Gabaldón

Nací en Madrid, hace ya muchos años. Sin embargo, nunca he vivido en la ciudad. Mi infancia transcurrió en Pozuelo, donde tenía gatos, perros, ardillas, hámsteres, periquitos, un loro que no paraba de hablar, conejos y ¡hasta un cordero! Siendo así, pensé que terminaría estudiando Biología o tal vez Veterinaria, pero no... Fue la arqueología la que me arrastró por sus muchos misterios hasta las aulas de la universidad.

Más tarde, continué estudiando, publicando, excavando, pero un día ocurrió algo terrible. Una de las personas más importantes de mi vida enfermó y pocos meses después la muerte nos separó. Acababa de cumplir veintinueve años y creía que moriría de la profunda tristeza y la desesperación. Hasta que de pronto vi un punto de luz en medio de aquella oscuridad y fue cuando empecé a escribir historias y cuentos. La escritura se transformó en mi nueva sed de conocimientos y cuando años más tarde encontré a mi segundo marido, di gracias al cielo por haber tenido la suerte de rehacer mi vida a su lado. Tenemos dos hijos, Aldo y Mario.

Cuando escribo me gusta mezclar varios géneros literarios: historia, aventuras, fantasía, ciencia ficción, humor... Mis novelas son de lenta ejecución porque necesito investigar y a veces esa etapa dura meses, incluso años. Me gusta que haya un cuadro histórico en todas las novelas, algo que haga que podáis aprender sin que os deis cuenta de ello, porque lo importante es que os divirtáis leyendo.

Algunas de mis obras son: *El pescador de esponjas, Caravansarai, La torre de los mil tiempos, Pesadillas de colores* y *Las catorce momias de Bakrí*, segunda parte de *Más allá de las tres dunas*.

## Grandes lectores

*Bergil, el caballero perdido de Berlindon*
J. Carreras Guixé

*Los hombres de Muchaca*
Mariela Rodríguez

*El laboratorio secreto*
Lluís Prats y Enric Roig

*Fuga de Proteo 100-D-22*
Milagros Oya

*Más allá de las tres dunas*
Susana Fernández Gabaldón

*Las catorce momias de Bakrí*
Susana Fernández Gabaldón

*Semana Blanca*
Natalia Freire

*Fernando el Temerario*
José Luis Velasco

*Tom, piel de escarcha*
Sally Prue

*El secreto del doctor Givert*
Agustí Alcoberro

*La tribu*
Anne-Laure Bondoux

*Otoño azul*
José Ramón Ayllón

*El enigma del Cid*
Mª José Luis

*Almogávar sin querer*
Fernando Lalana,
Luis A. Puente

*Pequeñas historias del Globo*
Àngel Burgas

*El misterio de la calle de las Glicinas*
Núria Pradas

*África en el corazón*
M.ª Carmen de la Bandera

*Sentir los colores*
M.ª Carmen de la Bandera